十年屋 ②

[日] 广岛玲子 著

[日] 佐竹美保 绘

廖雯雯 译

三环出版社
SANHUAN PUBLISHING HOUSE
·海口·

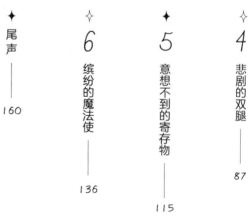

目录 contents

序曲

　　那些无比惹人爱怜的旧物，即便坏掉，您也不舍得丢弃。

　　它们储藏着满满的回忆，为此，您希望找个地方，将之小心翼翼地保存。

　　意义深远的旧物、想要守护的旧物，以及渴望疏远的旧物。

　　倘若您的手边有这样的旧物，请来"十年屋"吧。

　　不妨将它们与您的思念一道，交由我保存。

1

心爱的小提琴

"把小提琴送给她。"

母亲的这句话，令十四岁的卡雅生气地瞪大了眼睛。

母亲究竟在说什么？卡雅简直无法置信，这种话会从母亲口里冒出来，她居然让自己将小提琴送给表妹米米。

"那是……我的小提琴啊。"

"可你不是早就不拉琴了吗？两年前，你连小提琴课也不再去上，哪怕留着它，也没有任何用处吧。"

"……"

"听说，米米希望将来成为一名小提琴手，不久就会开始学拉小提琴。你瞧，我们家刚好有一把闲置的，放着现成的不用，让她去买新的，岂不是浪费钱吗？所以把你的那把琴送给她吧，否则你的琴只会搁在家里吃灰，太委屈它了。"

"怎么能这样……"

"这样做有什么不好吗？反正你也不拉了吧？"

问题根本不在这里。听完母亲的话，卡雅心想。

诚然，卡雅早已放弃学拉小提琴。从五岁到十二岁的七年间，她都在老师的严格指导下坚持拉琴，很少从中获得快乐。即便如此，时至今日，她依然迷恋小提琴的音色，最重要的是，她对自己的这把小提琴有着难以割舍的情愫。

它造型优美，表面的清漆闪烁着米色的光泽，四根琴弦绷得直直的。随着年龄渐长，她所使用的小提琴也越来越大。"我们家卡雅已经可以使用成人款的小提琴了呢。"卡雅仍旧清晰地记得，自己初次收到这把成人款小提琴时的喜悦，尽管那之后不久，她便不再学拉小提琴了……

无论怎么说，这把小提琴都是属于她的，是她的宝贝。她宁可将它一直锁在琴盒里，也不愿意交给任何人，或是让任何人碰它一下。

可惜，母亲似乎丝毫不理解卡雅的心情。

卡雅的小提琴，最终还是被送到了米米手中。

送出的东西无法讨回，卡雅十分无奈，只好放弃。

诚如母亲所言，小提琴终究是乐器，而乐器的价值恰在于被人演奏。倘若米米能够充分使用那把琴，想来它也会感到开心吧。

……但是，真的没有问题吗？

比卡雅小整整四岁的表妹米米，自然不是什么坏心眼的姑娘，可她向来举止大大咧咧，动作粗鲁，脾气暴躁。卡雅曾目睹米米不耐烦地将胶泥啪地砸在地板上，原因不过是"捏不出我想要的形状"。

想用小提琴拉出漂亮的音色，当然需要花费不少时间。假如练琴时，米米觉得"为什么声音总是这么难听"，而后怒气冲冲地将小提琴掼到地上怎么办？

只要联想起这个场景，卡雅便坐立难安。

　　一个月过去了。某日，母亲吩咐卡雅："今天去你姨母家吧。你看，咱们不久之后便要去旅行，行李估计有点多。上次不是已经说好，向你姨母借一个大些的旅行包吗？妈妈眼下正在做果酱，腾不出时间。卡雅，麻烦你了，代妈妈跑一趟吧。"

　　"好的。"

　　刚好卡雅也惦记自己的小提琴，想亲眼确认它的情况，闻言立即连声答应下来。

　　去姨母家的路上，卡雅的脑海中盘旋着各种念头。

　　要怎么开口，才能自然而然地提起那把小提琴呢？米米每天都好好练琴了吗？练完后呢，仔细地用布擦拭了吗？不，这么说感觉不太自然。米米的小提琴课还顺利吗？嗯，就这么切入话题吧。

　　不一会儿，卡雅来到姨母家，准备敲门。

　　没想到，她刚伸出手，门便被砰的一声大力拉开，姨母神色慌张地从家里飞奔而出。

　　"啊，是卡雅啊！我想起来了，你是来借旅行包的吧。它就放在最里面的起居室，你自己进去拿！"

"姨……姨母，你这是上哪儿去？"

"限时大减价！咱家附近的商业街，鸡蛋和鱼均打半折！机会难得，千万不能错过！"

"那这门用锁吗？"

"不用，反正差不多再过五分钟，米米也该回家了。不好意思，我先走啦，回见！"

姨母扯着嗓子说完，便气势汹汹地朝商业街奔去，以至于卡雅根本来不及询问那把小提琴。

她无奈地耸了耸肩，走进姨母家中。

果然如姨母所说，那个大大的旅行包就放在起居室的地板上。照这个尺寸来看，应该能够装下不少行李和纪念品。

"原来如此，难怪母亲想要借它一用。"

卡雅苦笑着拿起旅行包。

下一秒，她的心里忽然升起一个想法，何不利用这个机会，瞥一眼米米的卧室？至于理由，当然是为了自己的那把小提琴。倘若中途米米碰巧回来，自己便推脱说"本想问你借一本书来着，谁知你不在家，我就擅自进来找了"，米米应该也不会大发雷霆的。

这么想着，卡雅走进米米的卧室。不出她所料，米米的房间凌乱不堪。被子没有叠，乱糟糟地堆在床上，玩具与衣服扔得满屋都是，导致整个房间连落脚的地方都没有，书桌上则散落着米米随意脱下的袜子和咬了几口的甜甜圈。眼前的场景，令卡雅感到疲倦至极。

然而，她并没有发现小提琴的踪影，她甚至拉开米米的衣橱搜寻，又在地板上成堆的脏衣服里仔细翻找，可惜哪里都没有那把小提琴。

该不会是……卡雅忐忑地趴在地板上，朝床底窥去。

果然在那里。

琴盒没有锁，小提琴似乎被粗暴地扔在琴盒里。

"开什么玩笑！"

卡雅慌忙拖出琴盒，一时间哑口无言。

由于没有仔细地锁在琴盒里，小提琴上遍布灰尘，连琴弓也没能幸免。而且，琴弦竟然已经断掉一根。卡雅不敢相信，仅仅一个月，她的小提琴就变成了这副惨状。

她浑身的血液似乎在瞬间沸腾。

事情果然朝着她担心的方向发展。米米到底对她心爱的小提琴做了什么?!

卡雅果断将小提琴放入琴盒，再将琴盒装在那个大大的旅行包中，飞快地离开了姨母家。

此刻的卡雅，禁不住怒火中烧。

倘若米米对小提琴十分爱惜，她也无话可说。偏偏米米不仅将小提琴扔在满是灰尘的角落，还不锁好琴盒，太让人气愤了。一定要让米米把琴还给自己。对，原本这把小提琴便是属于我的。

想到这里，卡雅忽然反应过来。

"母亲……会怎么说呢?"

一旦得知卡雅擅自将小提琴带回家，母亲一定会很生气吧。倘若只是生气倒也罢了，要是母亲再次让自己把小提琴送还给米米，她又该怎么办？

不行，绝对不可以。趁母亲尚未知晓，她得将小提琴藏在某个地方。有没有一处远离自己家的相对安全的场所呢？或者寄存在某位值得信赖的朋友那儿也好。

卡雅一筹莫展地在自家附近的街巷里走来走去，突然——

砰——

旅行包中传来短促的一声。她不会听错，那是琴弦断裂时才会发出的声音。

莫非琴弦又绷断一根？

卡雅连忙拉开旅行包，取出琴盒。刚打开盒盖，她便睁大了眼睛。

小提琴上静静地躺着一张卡片。她明明记得方才收拾琴盒的时候，并未见过这张卡片。到底它是在什么时候、从什么地方、怎样跑到琴盒里来的？

尽管心里有些奇怪，卡雅仍旧拾起卡片。

这张两折式样的卡片整体呈深棕色，只在边缘以金色与绿色勾勒出常春藤的花纹，以银色墨水写着几行漂亮的字：

> 那些无比惹人爱怜的旧物，即便坏掉，您也不舍得丢弃。
>
> 它们储藏着满满的回忆，为此，您希望找个地方，将之小心翼翼地保存。
>
> 意义深远的旧物、想要守护的旧物，以及渴望捨远的旧物。
>
> 倘若您的手边有这样的旧物，请来"十年屋"吧。
>
> 不妨将它们与您的思念一道，交由我保存。

"这是什么意思？十年屋？莫非是一家店铺？"

说不定卡片上还写有别的文字，这么想着，卡雅随手打开了卡片。

刹那间，卡片里溢出一道光。温和沉稳的金色光芒，蔓草一般轻轻缠绕住卡雅，与此同时，她的鼻间传来咖啡浓郁的香气。

这感觉太过舒适，以至于卡雅忘记了害怕。怎么回事，自己仿佛置身于金光璀璨的秋日森林，正津津有味地品尝着可口的茶点，一股幸福安稳的情绪在胸腔中缓缓扩散。

待卡雅回过神，人已来到一个全然陌生的地方。

眼前是一条雾霭弥漫的小巷，天空薄暗，周遭静悄悄的，一切都沉浸在某种青色调的朦胧之中。街巷两旁并立的建筑大多没有点灯。这是一片恍如被世界遗忘的风景。

唯一透出些许灯光的，便是眼前这栋砖块构造的房子。卡雅惶惶不安地靠近了它。

房子有着白色的店门，上面镶嵌着一扇饰有勿忘草图案的彩绘玻璃窗。店门上方写着"十年屋"三个字。

"十年屋……这不是方才卡片上写着的店名吗？"

这究竟是怎么回事？

卡雅不明所以，打算走进店内瞧瞧。

"打……打扰了。"

丁零——推开店门，卡雅耳边旋即传来一道清脆悦耳的声响。

眼前的情景令她再次惊讶得睁大了眼睛，只见整间店铺密不透风，被各式各样的杂物堆得满满当当。

一些看上去极其昂贵的古书与翻得破破烂烂的绘本混在一块儿，堆积如山；华丽精美的婚纱旁边放着残破不堪的皮靴；巨大的木桶里装满乱七八糟的饰品，散发出刺目的光芒；天花板和墙壁上则七零八落地挂着海报和风筝等，卡雅甚至从中看到收藏落叶与橡树果实的盒子。

这里或许是某家从事特别交易的店铺，卡雅心想。

因此，这些东西或许都是商品，虽说大部分看上去与破铜烂铁无异，但其实拥有某种不可思议的气息。

卡雅尽量不让自己碰到周遭的物品，小心翼翼地往前走去。她穿过物品间狭窄的空隙，渐渐地，能够看见位于店铺深处的柜台。

柜台前坐着一名男子。

他的模样十分年轻。穿着深棕色的西装背心与同色

长裤，脖子上系着一条领巾，是太阳一般耀眼的橘红色。男子相貌端正，有着一头柔软的栗色卷发。透过鼻梁上的银质细框眼镜，能够看见那双深邃的琥珀色瞳仁。他的双眼熠熠生辉。

卡雅刚一走近，男子便微笑着道："这位客人，欢迎光临十年屋。"

男子的声音令人如沐春风。

卡雅忐忑不安地开口道："这里……是店铺吗？"

"不错，本店专为客人提供贵重物品的寄存服务。我叫十年屋，是这家店铺的店长。"

"你的名字和店名一样吗？"

"是的，因为我被人们称作'十年屋'，所以决定让这家店与自己同名。简明易懂才是最重要的，对不对？"

这个拥有奇妙名字的男子，唇角勾起一抹神秘莫测的微笑。

卡雅心里一惊，不由得屏住呼吸。

"你是魔法使吧？"

卡雅曾听说，在这个世界上，有一群能够自由操控魔法的人。他们住在稍稍远离普通人的地方，心血来潮时，也乐意对普通人提供帮助。

闻言，十年屋再次微微一笑。

"真是一位洞察力敏锐的客人。没错，我是操控时间的魔法使。"

"我……竟然遇见了魔法使……为……为什么？"

"您之所以会来到本店，是因为需要借助本店的力量。为此，招待券才会自动投递至您那里。"

"招待券是指，那张卡片？"

"正是。总之，这里太过逼仄，不是说话的地方，我们还是到里面的会客室慢慢聊吧。请往这边走。"

在十年屋的催促下，卡雅茫然却顺从地走向店铺里间。

这是一间小巧舒适的屋子，与外间的店铺有所不同，打扫得格外整洁，设有时髦的沙发与桌子。桌上的餐盘里盛满水果馅饼，看起来相当美味。

遗憾的是，似乎没有搭配任何茶饮，否则便完美得无可指摘。

这个念头刚从卡雅脑海中划过，更深处的房间里便传出一道声响。有人端着托盘走了出来，托盘上摆着一套茶具。

起初，卡雅以为那是一个孩子，因为对方身材十分娇小。然而，很快她便察觉，那根本不是什么孩子，甚至连人类都不是。

它是一只猫咪，拥有柔软蓬松的橘色毛皮，此时正用前爪端着托盘，以后足支撑起整个身体，像人类一样行走。它的脖子上系着黑色蝴蝶结，身上穿了一件黑色天鹅绒背心，上面缀有银线所绣的花纹，模样分外可爱。

待猫咪将茶具放在桌上后，十年屋温和地对它道："辛苦了，卡拉西。之后的交给我吧，你可以忙别的去了。"

"遵命。"

猫咪的声音十分惹人怜爱。它对着卡雅行了一礼，步履蹒跚地消失在更深处的房间。

看着目瞪口呆的卡雅，十年屋不由得笑了。

"那是我家的执事猫，名叫卡拉西。"

"它便是所谓的使……使魔吗？"

"不不，卡拉西是一名真正的执事，因此我也会按时支付它薪水哦。来，请先喝点热茶吧。刚好是下午茶时间，卡拉西亲手制作的水果馅饼可是本店的招牌料理。"

确实，这份水果馅饼看起来格外诱人。馅饼上放了不少草莓、蓝莓与橘子，外观色彩缤纷，而那酸甜可口的味道更是令人赞不绝口。并且，水果下面铺了一层厚厚的以牛乳蛋糊制成的奶油，为馅饼增添了柔和甘甜的口感。

一块馅饼下肚后，卡雅感觉意犹未尽，很快便拈起第二块，津津有味地吃着。吃完后，她捧起杯子喝了一口热茶，只觉心情舒畅，整个人也彻底放松下来。

见此情形，十年屋适时地开口道："那么，现在我们便言归正传。您有物品希望寄存在本店吧？它对您而言非常重要，既不舍得扔弃，又不愿意赠予他人，然而眼下更不方便留它在身边。这次，您带来本店的正是这样一件物品，对吗？"

眼前的男子莫非有读心术？卡雅一面想着，一面从旅行包中取出琴盒。

"是小提琴吗？"

"没错。我五岁开始学拉小提琴，但因为不爱上小提琴课，所以琴技迟迟得不到提升……这让我有些灰心，最终半途而废。不过，我还是很喜欢小提琴的。"

卡雅娓娓地讲述起事情的来龙去脉。

"倘若让小提琴就这么跟我回家，总有一天，母亲会再次将它送人。可我，实在不愿意把它交给任何人……我的想法，很孩子气吧？"

"没这回事。"十年屋笑着摇摇头，"我十分理解您的心情。乐器这种东西颇为奇妙，很容易吸纳我们的情感。一旦与之朝夕相处，乐器的主人便不愿舍弃掉它。

不少人都怀抱着这种想法，哪怕再也不会弹奏，也希望它长长久久地伴在身边。而十年屋，正是为此类客人开设的店铺。"

说到这里，缭绕在十年屋身体周围的气氛突然出现某种微妙的变化。怎么说呢，他的神情变得有些严肃，语气也沉甸甸的。

"倘若您愿意，客人，本店将为您寄存那把小提琴，期限为十年。这十年间，本店会妥善保管您的小提琴，绝对不会让它出现丝毫损伤。寄存期限内，您有权在任何时间前来本店索取寄存物品。但唯有当您真心想要取回它时，通往本店的道路才会再度开启。不过——"说到这儿，十年屋的目光比此前更加深邃，"本店需要向您收取酬劳。"

"也……也对呢，请问价格是多少？"

卡雅怯生生地看着十年屋，神情仿佛在说：我手头并没有什么钱。然而，十年屋缓缓地摇了摇头。

"请别误会。使用魔法时，所需代价并非金钱。我是操控时间的魔法使，因此，需要向客人您收取一年的时间作为酬劳。"

"我的时间？你是指寿命吗？"

卡雅着实吓了一跳。即便再珍惜这把小提琴，她也没想过要以自身性命为交换条件。这个要求令她心生畏惧。

十年屋好似十分理解卡雅的心情，恢复了方才温和的笑容，说道："您无须勉强。这个代价，无论是否答应，都取决于客人自身的意志……您只需仔细考虑，那把小提琴究竟值不值得让您以自己的寿命作为交换，以及怎样的选择才不会令您后悔。"

说完这些话，魔法使便不再多言。

接下来，卡雅进行了长达一小时的考量。

然而，不管她怎样思考，得出的结论都是相同的。

直接将这把小提琴带回家的话，母亲肯定会发现，也一定会再次将琴送人。假如事情果真发展至此，她必定非常难过，也非常懊恼。如今，一想起小提琴被米米随意扔在床下，她就怒不可遏。

这是我的小提琴。我希望好好守护它，不会将它送给任何人。为此……其实这一生，我能够活很长很长时间也说不定。对啊，我们家族向来都很长寿，不止祖父一辈，就连曾祖父与曾祖母至今也依旧身体康健，所以，支付一年的寿命……也没什么大不了的，不是吗？

卡雅终于下定了决心。

她抬起头，坚定地看向十年屋。

"您决定了吗？"

"是的。请让我寄存小提琴。"

"您的要求确已收到。啊，对了，有一条规则必须事先告知您，即便明日您就来取回寄存的物品，已经支付的寿命也不再退还。此事还望客人谅解。"

"我知道了。"

"再有一点，十年寄存期满后，本店会向您寄出通知卡片，如果您打算取回物品，请直接打开卡片；倘若已不需要、不打算取回，则在卡片上画下 × 印即可。"

"如果画下 × 印，这把小提琴会变得怎么样呢？"

"它将正式成为本店的所有物。方才，您在店内看到了大量物品吧？它们原本都是客人们寄存在这里的。"

原来如此，卡雅总算明白过来。

"也就是说，被主人放弃的寄存物，会在店里作为商品出售，对吗？"

"是这么回事。"

"可我总觉得……这里的许多东西其实根本卖不出去。"

"这个想法不太正确。您有所不知，有的客人偏偏格外喜爱古旧的物品。好了，请在这份契约书上签名吧。"

说着，十年屋将一支银色钢笔与一本厚实的黑色皮革手札递了过来。

卡雅按他的指示，在摊开的手札页面上写下自己的名字。银色钢笔握在手里沉甸甸的，每写一个字，她便感觉自己体内有什么东西正随墨水一道流失。

是时间。自己那为期一年的寿命，一点一点被吸入了这本手札。

尽管心里有些别扭，卡雅依然坚持写完最后一笔。

"这……这样行了吗？"

"没错，这样便足够了。"

十年屋满意地收回手札。

"契约从此生效。来，请将小提琴交给我吧。"

"拜……拜托了。"

"当然。这一点，您尽管放心。"

卡雅将装有小提琴的琴盒交给十年屋。然后，她感觉自己的心情变得格外轻快，是那种将压在心上的又沉又暗的阴影，也一并交出去的如释重负。

看着这样的卡雅，十年屋道："若想取回您的寄存物品，任何时间都可以在心里祈愿。只要真心祈愿，便能开启通往本店的道路。"

"明白。"

"那么，差不多也到您回家的时间了。卡拉西，客人要离开了。"

"收到，主人。我立刻就来。"

伴随着一道悦耳可爱的声线，方才的那只猫咪再次跑回卡雅面前，忙不迭向她行礼致意。

"回家路上请注意安全。期待您的下次惠顾。"

"谢谢。啊，对了，刚才品尝的水果馅饼十分美味，尤其里面那层牛乳蛋糊，真是风味绝佳。"

"承蒙您的夸赞，卡拉西真的非常开心。"

猫咪微笑着道。

在魔法使与猫咪的目送之下，卡雅推开了白色的店门。

本以为眼前依旧会出现那条雾霭弥漫的小巷，没想到竟是往日里再熟悉不过的街区。这表示，眨眼之间，自己便已直接回到原来的场所。

"这是……梦吗？"

卡雅眨了眨眼，旋即打开旅行包确认。

没有。她放进包中的小提琴盒不见了。

就是说，方才的一切果然不是梦，她真的将小提琴寄存在了十年屋。

"太好了！"

这么一来，小提琴便安全了。至少未来十年，自己无须担心它的安危。

不过，卡雅转念一想，又有些担心。

倘若发现小提琴不见了，米米会有什么反应呢？或者当姨母察觉是卡雅捣的鬼，自己又该怎么做才好？卡雅可不愿被她们怒斥："擅自闯入别人的房间，拿走别人的东西，简直太过分了！"

卡雅若无其事地回了家，不过，在那之后很长一段时间，她的心里始终慌慌不安。

出乎意料的是，许多天过去了，米米与姨母仍旧什么也没说，似乎两人皆未留意到小提琴早已不见。

卡雅松了口气，十分庆幸那天自己果断地将小提琴带离了姨母家。

时间如白驹过隙，数年的光阴很快逝去。

某天，卡雅与米米相约一块儿逛街。姐妹俩已许久未见，开开心心地逛遍附近的各家商铺，还买了一支大大的冰淇淋分享。

最后，她们决定去公园散散步再回家。

现在已是秋天，公园里凉风习习，令人心旷神怡。被秋风染作金色或红色的树叶，纷纷扬扬地飘落，隐约散发出一股好闻的气味。面对如此绚烂的秋景，两人心情愉悦地在公园里边走边聊。

卡雅今年便满十八岁了，她决定不久之后搬出父母家，开始一个人生活。

而米米也已十四岁，脾气俨然收敛，不再像小时候那般暴躁易怒，成了一个性情爽朗的姑娘。或许正是这个原因，她与卡雅格外合得来，姐妹俩的感情比从前好上许多。

关于卡雅的独居生活，米米似乎颇感兴趣，接连问了好些问题。

"那么新家呢？卡雅姐，你想好住在哪里了吗？"

"嗯，我决定租下红枫小巷的小公寓。虽然整体比较老旧，但是房间宽敞，打扫得十分整洁。我打算在屋子里装饰许许多多自己喜欢的小玩意儿，毕竟是来之不易的独居生活呀。"

"真棒，我也想要一个人生活。"

"说起这个，你啊，首先应该好好学习如何打扫、整理房间吧？"

"嗯嗯，这话我可没法反驳呢。"

姐妹俩有一搭没一搭地聊着，就在此时，耳畔传来一串悦耳的琴音。

她们不由得朝琴音传来的方向看去，铺满落叶的空地上，一支乐队正在举行小型演奏会，成员有六名，男女皆有，年龄不一，持着各式各样的乐器。从演奏效果来看，他们并非专业人士，不过每个人都乐在其中。这种情绪亦感染了周围的听众，不知不觉间，大家的脸上纷纷浮现出笑容。

或许，这支乐队的成员打心底热爱着音乐，也热爱着演奏。证据便是，整个演奏过程中，他们的脸上都挂

着笑容。

卡雅与米米停下脚步，在原地站了半晌，一言不发地聆听着乐音。

忽然，卡雅想起了自己的那把小提琴。

米米从未主动提起，她心底究竟对不翼而飞的小提琴作何感想呢？

卡雅迫切地想要知晓这一点，于是云淡风轻地挑起话头："说起来，我以前送过一把小提琴给你吧？"

"小提琴？"

"哎呀，就是四年前送你的那把，想起来了吗？当时你还说，将来要做一名小提琴家呢。那把小提琴，现在还用它练习吗？"

"啊，那个呀，我想起来了。讨厌啦，卡雅姐，我早就放弃小提琴了。"米米毫不介意地打开了话匣子，"其实后来，我根本不晓得那把小提琴跑哪儿去了。卡雅姐将它送给我之前，我还蛮喜欢它的，但拿在手中后便感觉有些厌倦，随即扔到一边，不再碰它。再后来，那把小提琴就不知所终了，大概被妈妈扔掉了吧。"

"对不起，"米米神情有些惭愧，语气却未曾流露丝毫怯意，继续说道，"你好不容易将它送给我，我却没能练出成果。"

"没……没事啦，别往心里去。"

"嗯，不过啊……"

米米眸光带着些许艳羡，注视着正在演奏的乐队成员。

"我还是觉得有点可惜呢，要是当年认真练习小提琴就好了。如此一来，现在我也能够像他们一样，开开心心地演奏。"

"……是啊。"

卡雅点了点头，情绪有些烦闷，仿佛有什么东西在心底涌起旋涡。

米米对小提琴的淡漠固然让卡雅瞠目结舌，然而更令她感到可悲的，是曾经的自己。米米的那句"要是当年认真练习小提琴就好了"，毫无疑问刺痛了卡雅的心。

如今的卡雅已经理解，当初自己之所以不肯好好练琴，是因为无法接受老师的授课方式。那位老师毕业于音乐大学，本人十分优秀，但向来侧重教授琴技，绝不允许学生沉浸于音乐的世界。

"持弓的姿势错了！"

"这里必须用力拉奏！乐谱上不是写得清清楚楚吗？为什么不严格遵循乐谱？"

"喂喂，手指不准偷懒。学琴靠的是勤奋，在能够熟练演奏之前，不可以把小提琴扔去一边。"

如此严厉的指导，终于惹得卡雅对小提琴课厌倦不已……可是，当初若她没有直接放弃，而是寻找别的授课老师，该有多好。假如坚持学拉小提琴，或许现在的自己会更加热爱音乐也说不定。

思及此，卡雅耳边的乐声戛然而止，乐队开始演奏新的曲目。这回是一首格外明快的舞蹈乐。

"这首曲子好棒！真是太欢快了！"

米米欢欣雀跃地扬声叹道，不由得和着乐曲打起拍子，身体伴随旋律小幅度摆动，后来干脆换作舞蹈。

"喂，米米！别……别这么招摇啦。"

"为什么不可以？这曲子多有意思啊！来，卡雅姐，咱们一块儿跳舞。"

"我根本不懂跳舞。"

"我也不懂，但这又有什么关系？来试试嘛，你想怎么跳就怎么跳。"

米米挽着卡雅的手，不由分说地将她推上自己临时搭建的"舞台"。起初，卡雅感觉十分害臊，渐渐地，她被米米大方的笑容感染，眉梢也带出几抹欢畅。

音符流淌在体内，转化为力量与喜悦，仿佛下一秒便会满溢而出。卡雅放松身体，随着耳畔的乐音不停舞蹈，只觉这一刻，自己似乎化作森林里的精灵。

一曲终了，乐队成员纷纷对姐妹俩鼓掌。

"你们的舞蹈真美，二位小姐。"

"谢谢！你们的演奏也很棒！"

米米笑着高声回答，说完转头看向卡雅。此时的米米，双眼熠熠生辉，脸颊红彤彤的，像苹果一样。

"我决定了，明天就去报舞蹈班，将来一定要成为一名职业舞蹈家。"

听着米米语气坚定地宣誓，卡雅禁不住笑道："你加油。"

随后，卡雅便与米米道了别，踏上回家的路途。然而，一路上，方才的音乐始终萦绕在她的脑海，挥之不去。卡雅从不知道，原来哪怕不是职业演奏家，也能像公园里的乐队成员一样，享受那般愉快的表演。

"……真想和他们一块儿演奏啊。"

没错。仅仅跳一跳舞，米米便十分满足，而卡雅与她不同。虽说和着乐曲跳舞已经足够开心，但卡雅真正想做的，是用小提琴演奏。

倘若能够加入那支乐队，成为他们的同伴，与大家一块儿拉奏小提琴，该有多精彩啊。卡雅真希望自己也能像他们一样，脸上带着闪闪发光的笑容，打心底真诚地享受音乐。

刹那间，卡雅格外想要拉奏小提琴。

从前的她，一心以为自己"必须上课，必须好好拉琴，否则便会承受老师与母亲的怒火"，如今，她或许可以保持"愉快拉奏"的心态，再次面对小提琴。而这种心态，必将化作一股力量，成就美妙的乐音。

"要不……重新学拉小提琴吧？"

反正自己已经开始独居生活，即便取回那把小提琴也无妨。卡雅觉得，只有当自己真心希望拉奏小提琴的时刻，才是取回它的最好时机，不是吗？

就在她生出这个念头的瞬间，周遭的一切变得朦胧绰约。秋日林荫小道上缤纷的色彩，转眼间渗透出一种单调的灰色，融化在深沉的雾霭中。

呈现在卡雅面前的，是一条雾气弥漫的寂静小巷。

卡雅对街巷里的风景视而不见，因为，她看到了近在咫尺的那扇店门。

彩绘玻璃上描着勿忘草图案的白色店门。门内透出些许温暖的灯光，似乎正对卡雅发出邀约："欢迎光临，已恭候您多时了。"

　　没有丝毫犹豫，卡雅决定赴约。愉悦的笑意浮现在脸上，她伸出手，握住白色店门的把手……

2

悲伤的宝箱

母亲病倒了。

今日一早，这道消息便传至她的儿子哈利马先生家。

虽说人顺利住进了医院，但消息称，母亲已病入膏肓，无药可医，恐怕活不过明日清晨。

获知这一消息，哈利马先生不为所动。啊，终于到这天了吗。这便是此刻涌现在他内心的想法，既无悲哀，亦无讶异。

长久以来，他与母亲的关系并不亲厚。母亲很早之前便住进了养老院，两人极少见面，母子间的感情也越发淡薄了。

十年前，哈利马先生不顾母亲反对，强行将她送入了养老院，并且一次也不曾前往探望，遑论书信往来。

哈利马先生好似决定将"母亲"这个存在，彻底从自己的人生抹除。

他丝毫不认为自己这么做有什么错处。一来他工作繁忙，二来那家养老院的工作人员颇具职业素养。对母亲而言，与其同讨厌的儿子朝夕相处，不如在他人的温柔照料下生活，这样的日子显然更加幸福，不是吗？

对，正因为心里清楚母亲一点也不喜欢自己，他才认为自己应该疏远母亲。

长久以来，这个想法令他始终同母亲保持着距离。然而，既已获知母亲病危的消息，他便再无理由对她视若无睹。眼下，医院那边尚有许多手续等待他办理，看来今日非得跑一趟不可了。

还真麻烦哪，哈利马先生一面在心底抱怨着，一面洗脸、刮胡须。

镜子里映出的，是一张属于四十七岁男人的枯瘦脸庞。冰冷的眼眸，下撇的唇角，整张面孔散发着刀刃般锋利的锐气。

41

哈利马先生在大学担任数学教授。大家十分敬畏他，称他为"冰之魔神"。

学校师生间甚至流传着这样的说法：他自出生之日起，便从未笑过。

哈利马先生绷着脸，前往医院。出门前，他特意整肃神情，使得那张本就淡漠的脸孔看上去更加冷硬了。

哈利马先生的母亲正躺在病床上。整个房间充斥着消毒水的气味。

哈利马先生有些吃惊。他与母亲已有十年未见，眼前的女子身体似乎缩小了一圈，满脸皱纹，曾经那头太阳般耀眼的金发已经完全褪色。即便在梦中，她亦睡得不大安稳，神情痛苦而憔悴，仿佛尝遍人世辛酸。

哈利马先生走到床边，母亲依旧昏睡，始终没有醒来的迹象。

"您的母亲一直盼望同您见上一面。平日里和我们聊天，也总是提到您。"

开口的是养老院为母亲安排的工作人员，提供二十四小时贴身服务。说完这话，对方瞪着哈利马先生，语气充满责怪。

为何从不主动前来探望自己的母亲呢？哪怕工作再忙，至少写封信也好。真是个无情的不孝子。

工作人员并未出声谴责，但带刺的目光已将内心的怨言表露无遗。

哈利马先生不为所动，淡淡地朝对方道："辛苦了。"不等对方开口，他又道："其余的交给我吧，请您暂时回避一下。"

"知道了，那么容我失陪。"

工作人员语气嫌恶，就差没说"才不想和这么薄情的人共处一室呢"，旋即离开了病房。

房间里只剩母子二人。哈利马先生忽然有些局促。他本就不喜欢这种压抑的环境，这会令他想起孩提时代，被母亲不由分说送去寄宿学校的情景。

为了缓解烦躁不安的情绪，他不停在脑海中思索各种数学公式的排列组合，然而没有用，他完全无法集中注意力。

"母亲。"

他轻轻唤了一声，可母亲仍旧没有醒来。

毫无缘由地，哈利马先生只觉怒从心生。事实上，今天他原本有一篇非常重要的论文亟待完成，并且需要给学生授课，结果竟是跑来这种地方，简直与浪费时间无异。

还是回去吧，哈利马先生站起身来。就在这时，他忽然留意到，病床上，母亲枯瘦如柴的手中捏着一张深棕色的卡片。

是探病的问候卡吗？医务人员塞给母亲的？也不知卡片上写着什么呢？

被一股莫名的好奇心驱使，哈利马先生伸手取过卡片，整个过程中，他都尽量避免与母亲肢体触碰。

这是一张两折式样的卡片，正面写着"十年屋"三个银色的大字，背面亦用银色墨水写着如下一段话：

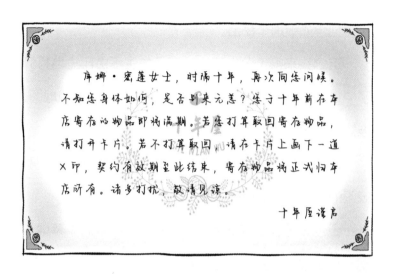

库娜·密蓬女士，时隔十年，再次同您问候。不知您身体如何，是否别来无恙？您于十年前在本店寄存的物品即将满期。若您打算取回寄存物品，请打开卡片。若不打算取回，请在卡片上画下一道 X 印，契约有效期至此结束，寄存物品将正式归本店所有。诸多打扰，敬请见谅。

十年屋谨启

卡片上提及的"库娜·密蓬"，正是母亲的名字。从这段话来看，母亲似乎在一家名为十年屋的店铺寄存了物品。

究竟是什么东西呢？哈利马先生再次被勾起一丝好奇。

母亲既然将之寄存在店里，想必那是某件拥有相应价值的物品。就哈利马先生所知，母亲手边应该没有任何值钱的东西才对。

很快他便判断，母亲其实怀揣着不为人知的秘密。

他想捅破那个秘密。

这念头来得十分突兀，哈利马先生不由自主地打开了卡片。本以为，卡片里肯定画着一张通往店铺的地图，谁知……

出现在哈利马先生眼前的，是一团温暖的光之旋涡。眨眼的工夫，他便被旋涡捕获、吸纳。

金色光芒包裹着身体，哈利马先生的脑海中蓦地浮现一片幼时见过的向日葵花田。

那是久远之前的某个夏日，母亲唯一一次带他前往的向日葵花田。那一天，他亲眼看见无数向日葵绚烂绽放，而母亲站在向日葵的花海中央，轻声欢笑。"仿佛一下子出现好多太阳公公呢。"说话时，母亲的脸上浮起笑容，那般光彩夺目。

这到底是发生在何年何月的往事？母亲竟会对着我笑得如此开怀，我却早已将它抛至脑后。

骤然复苏的回忆令哈利马先生震惊不已，恰在此时，那些金色的光芒忽地暗淡下来。

待光线完全消失，哈利马先生已然站在一条陌生的小巷中。四处雾霭浮荡，街景明显与平日里的大相径庭。整个世界悄然无声，唯有一所房子透出些许灯光。

哈利马先生不由得被那所房子吸引了目光。看起来，它似乎是一家店铺。白色的店门镶嵌着彩绘玻璃窗，门把上挂了一块写着"开店中"字样的木牌，店门上方则刻着"十年屋"三个字。

十年屋！

哈利马先生猛然回神。

"这是……魔法吗？"

他当然知道，这个世界有一群被大家称作魔法使的人。据说那些用科学或数学公式无法解释的难题，魔法使们都能轻松解决。作为数学教授，这是令他难以置信的事实。

眼前的状况无疑是最好的例证。仅仅一瞬，他便从医院移动到另一个场所。

真没想到，自己竟然有机会亲身体验魔法，此时此刻怎么可以临阵退缩呢？魔法使一定就在白色店门的彼端等待自己出现。那么，就让我去会会对方吧。

哈利马先生怀着应战之心，推开了那扇白色的店门。

"这都是些什么啊？"

走进店铺，他不由自主地惊呼出声。

有生以来，他还是第一次目睹如此凌乱不堪的屋子。家具、衣物、书本、玩具等全都挤在这个狭小的空间里，有的物品甚至堆成小山，差点儿触上天花板。

哈利马先生只觉一阵头昏眼花，姑且试着往前走去。他穿过物品与物品之间的空隙，来到店铺深处，发现一名年轻男子正坐在那里。

男子身材瘦削，个子高高，十分清爽。他身着深棕色的背心与同色长裤，脚上的一双米色皮鞋擦得锃亮。无论是他脖子上系着的苍蓝色领巾，还是背心口袋里随意露出的怀表的金色表链，看起来都无比时髦。

男子察觉到哈利马先生的到来，从堆积如山的布偶与人偶中抬起头，脸上浮现一丝沉稳的笑容。

"这位客人，欢迎光临十年屋。咦，您看起来……不像有物品需要寄存呢。抱歉，请问您来本店有何贵干？"

"我……"哈利马先生一时语塞，不过片刻，便用略微强硬的语气道，"我是应邀而来的。此前曾收到贵店的通知，上面说寄存物品即将满期，让我们前来领取。寄存人名叫库娜·密蓬，是我母亲。如今，母亲无法亲自前来，便由我代劳。"

"啊，原来如此。您这样解释，我便理解了。库娜·密蓬女士，嗯，我记得她。"

男子的微笑略显怀念，很快，他再次对哈利马先生道："请来里间稍待片刻。在您取回物品之前，不妨来些茶或咖啡如何？我家执事刚好烤了咸芝士饼干，请您一定尝尝。"

我可没这个闲工夫，还得立刻赶回医院呢。

哈利马先生本想干脆地一口回绝，谁知喉咙像被卡住似的，发不出一点声音。怎么回事，自己竟然无法拒绝这名年轻男子的邀请？仔细想想，他也确实有点渴了。

更何况，咸芝士饼干恰是他的心头好。

"……那么，恭敬不如从命。"

"好的，里面请。"

谢天谢地，里间的会客室打扫得颇为整洁。沙发也很柔软，这让哈利马先生渐渐放松了情绪。

这时，一只猫咪走进会客室。它的模样像个人类，穿着西装背心，用一双后足支撑起身体，直立行走，前爪则端着托盘。盘子里有只深钵，盛着满满的咸芝士饼干，旁边则配有咖啡杯。

猫咪将深钵与咖啡杯摆放在沙发前的桌子上，迅速对哈利马先生行了一礼，开口道："请慢用，这是您的咖啡。"

耳畔这道孩童般惹人怜爱的声线，一时间让哈利马先生手足无措。

见此情形，男子苦笑着对猫咪使了个眼色。猫咪对着他点点头，转过身，步履蹒跚地朝对面的房间走去。

呼——哈利马先生总算松了一口气。

"真奇妙哪，猫咪居然穿着衣服，像人类一样开口说话。"

"您不喜欢这一点吗？"

"并非这个意思。这里不是魔法使的领域吗？那么，真要说的话，'奇妙'的人倒是我了。"

哦？男子扬了扬眉，露出钦佩的神情。

"没想到，您竟拥有如此灵活的思考方式。"

"很意外吗？"

"是的。我曾听您母亲提及，您的性情格外顽固。"

闻言，哈利马先生有种被人兜头浇下一盆凉水的感觉。

他回过神，眼睛一眨不眨地凝视着眼前的男子。男子拥有一双琥珀色的眼瞳，浑身散发出老者般沉稳深邃的气息。

"你果然是魔法使吧？"

"不错。人们通常称我为'十年屋'。"

"我母亲，似乎在贵店寄存了某件物品……那究竟，是什么东西？"

"不急，请先尝尝咖啡吧。稍后我们再详谈，如何？"

无奈之下，哈利马先生只好抿了一口咖啡。醇厚的口感出乎他的意料，是他向来偏好的苦涩滋味。

如此看来，或许咸芝士饼干也值得期待。哈利马先生随手拈起一块。

"真不错！"

芝士的咸味与香浓构成一组富有层次感的和弦乐，简直超出他的预期，堪称完美的味觉体验。加之饼干外形呈现正三角形，更让哈利马先生找不出一丝缺陷。

实在太棒了，哈利马先生在心里暗暗赞叹，忍不住大快朵颐。

他续了一杯咖啡，吃掉几乎一半的咸芝士饼干，总算感到心满意足。

"啊，味道真好。你们魔法使，总是为客人提供如此美味的点心吗？"

"其他魔法使如何做的，我并不清楚。就本店而言，素来尽心竭力，争取为客人提供最好的服务，尤其是那些为了取回物品而惴惴不安的客人。"

"这话的意思是？"

闻言，哈利马先生有些惊讶，却见十年屋不知从何处变戏法似的掏出一只茶色的大箱子。

"这便是您的母亲在本店寄存的物品。请仔细确认后，再决定是取回抑或扔弃。"

哈利马先生战战兢兢地接过箱子，只觉格外沉重。

箱子里藏满母亲的秘密。

一想到此，哈利马先生全身的血液似乎也灼热起来。

昔日的母亲醉心于工作，一年到头难得回家几次。由于不愿分出时间照顾儿子，她甚至将哈利马先生送进校规严格的寄宿学校，即便是寒暑假期间，也极少允许他回家。

因此，哈利马先生对自己的母亲几乎谈不上了解。他完全不清楚她喜欢什么，也不知道她从事着怎样的工作。

然而，他十分明白母亲厌恶什么。那便是身为她儿子的自己。

此刻，他要用自己的双手，揭穿母亲的秘密。

怀着几分粗暴的情绪，哈利马先生打开了手里的箱子。

"……这些是……什么？"

箱子里装满零散的纸片，其中有裁开的画纸、成沓的信纸，以及薄薄的类似笔记本的东西。

哈利马先生拿起纸片，一页一页翻看着。每一页上都有孩童所绘的简笔画，最常出现的画面，是女子与小男孩笑着依偎在一起。"我最喜欢你了，妈妈。"有些画旁还配了字，笔迹稚嫩。

看到这里，哈利马先生终于明白。

这些画，莫非是……

看着目瞪口呆的哈利马先生，十年屋静静地点点头。

"它们是您为您母亲作的画。箱子里还有您在学校的成绩单、体检报告，而那些信纸，是从前您寄给您母亲的。"

"为……为何母亲会将这些东西，特意寄存在魔法使这里……"

"我想，大概她认为，如果不这样做，就没法妥善保存它们吧。听您母亲说，您曾命令她将之全部扔掉。"

对，他想起来了。那日，自己即将送母亲前去养老院，于是逼迫母亲收拾她所居住的公寓。

"母亲，我这么做都是为您好。您成天喊着膝盖疼，想必独自生活多有不便吧。那家养老院配套设施齐全，无论三餐还是护理服务，都十分周全。不过，您这房子里的东西可没法全部带过去，除却生活必需品，其余的都得扔掉……您想搬去我那里，和我一块儿生活？那可不行。我平日里忙于研究和授课，哪有时间照顾您？另外，我就明说吧，事到如今，我们不可能再住在一起。"

说完，哈利马先生不由分说地打包了公寓里的旧物，打算统一处理掉。

母亲神情悲戚，却不发一言，听凭哈利马先生处置家中一切物品。然而，哈利马先生做梦也没想到，母亲表面顺从，背地里竟偷偷藏起了这只箱子。

时至今日，留着这些东西又有什么用？哈利马先生不由得怒从心生。

"愚蠢至极！这些杂物值得她如此小心地收藏吗？一点也不像她的作风！何必惺惺作态地扮一位好母亲？那……那个人根本不喜欢小孩，也十分厌恶自己的儿子，一直以来都很厌恶。我是没想到，她竟连这种破画都舍不得扔，简直匪夷所思！"

"……看来您对自己的母亲一无所知呢。"

十年屋神色怜悯地看着哈利马先生。迎着他的目光，哈利马先生只觉内心的怒火与周身的力气，似乎不知不觉流失殆尽。

哈利马先生疲惫地靠坐在沙发上，有气无力地问道："这么说，你知道什么了？"

"不错。您的母亲前来寄存这只箱子时，曾提及当年的诸多往事……而且，她将内心的想法也一并告诉了我，还说她的任何话语，儿子既不愿意倾听，也不愿意感受。"

说着，魔法使毫不避讳地直视哈利马先生的眼睛。

"您大概有所不知，一直以来，您母亲从事的工作，都需要她严格保守秘密。"

"保守秘密？那究竟是什么样的工作？"

"她所侍奉的，是王族成员一类身份尊贵之人。那些人呢，通常拥有无数不可言说、不可记录的约定或秘密。而您母亲的工作，便是负责将所有秘密记在自己脑中，并且保证不向任何人泄露。"

"……"

"您的母亲拥有卓绝的记忆力，因此非常适合从事保守秘密的工作。不过，这项工作十分艰辛，有时她不得不与雇主一道，在世界各地来回奔波，以至于好几个月没法回家。与之相应的，她的薪水异常丰厚。无论如何，您的母亲一心想要将您培育为一名优秀的人才，希望您过上衣食无忧的生活。"

只要赚取足够的金钱，就能为儿子提供良好的生活条件与教育环境。丈夫英年早逝，自己必须连同他的份，好好守护儿子。

怀着这样的想法，母亲日复一日忘我地工作着。

初次听闻母亲的过往，哈利马先生震惊得不知所措。

"我本以为，母亲……只是一名普通的研究员……那些事，她应该如实告诉我才对！"

"您说得有道理。可是，您母亲最终选择只字不提，是因为不想让您感到不安。她绝不愿意儿子知晓自己从事的工作如此艰辛。她说，一旦被您知晓，您或许会主动要求退学，并且外出找工作谋生。与其如此，她更希望您在学校尽情学习您所热爱的数学。"

"……"

"您之所以不愿意原谅您母亲，是因为十四岁那年发生的一件事吧。"

哈利马先生点了点头。

关于那件往事，至今他仍旧记忆犹新。十四岁那年，科学课上发生的一桩事故，彻底激化了他与母亲之间的矛盾。

那天，哈利马先生做实验时，误将某种药品与另一种药品混合，导致爆炸事故，他自己也身受重伤，旋即被送往医院抢救。

校方急忙给哈利马先生的母亲发去电报。然而，哪怕儿子受伤住院，母亲亦不曾出现。倘若母亲真心疼爱他，应该不顾一切赶来探望才对。

醒来后，哈利马先生只觉一颗心冰凉透顶。

躺在医院的病床上，他暗暗发誓。

从今往后，再也不对母亲抱有任何期待，再也不会给她写信，不会为能够见到她而欢天喜地。因为，她对自己从来没有一丝一毫的感情。

这样想着，哈利马先生渐渐在自己与母亲之间筑起坚冰一般的高墙，直到今日依旧如此。可是，莫非长久以来，自己都误会了母亲？

带着这一想法，他心惊胆战地看向十年屋，十年屋目光怜悯地朝他点了点头。

"您的母亲曾告诉我，从那天开始，儿子不再视自己为他的母亲，甚至听不进自己的任何解释。"

说到这里，十年屋的声线骤然一变，原本沉稳的男声忽然化作忧伤的女性嗓音。

"直到那一刻，我才察觉自己犯下的错误，那便是我不应始终将他看作一个尚未长大的孩子。其实，只要对他讲明一切，告诉他妈妈从事的工作格外重要，他便能够理解吧。我……弄错了表达母爱的方式。"

"母……母亲！"

哈利马先生猛地从沙发上站起身，这个瞬间，他仿佛看见母亲出现在自己面前。

可惜，母亲的幻影转瞬即逝。

哈利马先生双手捂住脸颊，呜咽不止。

十年屋依旧淡淡地继续说道："您的母亲非常后悔，后悔在您与她之间留下了无法弥补的裂痕。然而，她所做的一切已于事无补。因为您彻底封闭了自己的内心，所以她只好将您送给她的画、寄去的书信视若珍宝，悉心收藏。当然，箱子里的体检报告与成绩单亦是如此。您母亲无法陪在您身边，见证儿子的成长，不得不将它们视作心灵的慰藉。"

"请……请别再说了……"

哈利马先生泣不成声。

是的，其实自己一直爱着母亲。她是自己唯一的亲人。他曾那样爱她，想对她撒娇，希望她陪在自己身边。孩提时代，每逢母亲因工作离家之际，他都会哭着祈求母亲："不要走。"

然而，母亲选择了工作。她用如此隐晦的方式爱着自己的儿子。

母亲与儿子，即便各自置身孤独的场所，即便内心深切牵挂着对方，也错用了表达爱意的方式，终究与彼此的心愿擦肩而过。这是何等可悲之事。

当着十年屋的面，哈利马先生泪流不止。他甚至有些嫉妒眼前的魔法使。因为母亲不仅将宝箱寄存在店里，而且将内心的秘密与念想一并告诉了这位魔法使。倘若母亲的倾诉对象是自己该有多好，哈利马先生发自内心地想。

时至今日，时至所有误会得以解除的今日，他多么渴望能够再对母亲说一声："妈妈，我其实深爱着您。"然而，便是这样简简单单的一句话，也绝无可能传递给昏睡中的母亲。一切都太迟了。

时间是格外残酷的东西，它击碎了哈利马先生的精神防线，令他无法动弹分毫。

就在这时，十年屋站起身，轻轻拍了拍哈利马先生的肩。哈利马先生正痛苦地啜泣着，隔着衣服，感到肩上传来一股温热的触感。

"你……你做了什么？"

"其实，今天我遇到格外开心的事，无论如何都希望与人分享这份幸福。因此，我打算为您与您母亲提供一项优惠服务。"

"此话何意？"

"一天。我会赠予你们一天时间。想必如今的您，已经能够有效地利用它了。"

接着，十年屋说了句"差不多到您回去的时间了"，便温柔地扶起哈利马先生，将他送至那扇白色的店门前。

转瞬之间，哈利马先生再次置身医院的病房。

他不由自主地眨了眨眼，以为方才经历的一切不过是一场幻梦，然而手中又切实抱着那只装满画与书信的箱子。

"原来……这不是梦啊。"

哈利马先生放下箱子，朝病床看去。母亲躺在床上，身体依旧是小小的一团，整个人了无生气。然而不可思议的是，她的模样仿佛回到了往昔，那段哈利马先生最为眷恋她的时期。

"母亲。"

哈利马先生握住母亲的手，很快，他感觉有什么从自己体内流向母亲，那是无比温暖又温柔之物。

是方才十年屋传递至自己肩上的东西。哈利马先生刚意识到这点，母亲便睁开了双眸。

"哈利马……"

"母亲……我来看您了。对不起，这么多年来，我一直将您扔在一旁。"

"别这么说……该道歉的人，是我……"

"您不用道歉。我知道了。我全都知道了。"

说着，哈利马先生示意母亲看看宝箱。

母亲吃惊地睁大眼睛。

"这么说，你已经去过十年屋先生的店铺了？"

"是的。他把一切都告诉了我……当年，我没能理解母亲的想法，对不起。可是……您应该早些让我知道才对。"

说到这里，哈利马先生便再也无法继续。可是无须多言，母亲已全然了解。

看着自己枯瘦如柴的手，母亲困惑不已，轻声道：

"我……这是怎么回事？方才还觉得眼前一片漆黑，想着自己已经不行了……"

"是十年屋先生。他将时间分给了我们。也就是说，母亲与我还有一天的时间相处。"

为此，我们一定要充分利用。哈利马先生握紧母亲的手。

"重新开始吧，母亲。今天一天，让我们弥补过去犯下的错误。对了，您有什么想去的地方吗？无论任何地方，我都会陪您前去。"

"……不用了。"

母亲忽然回握住儿子的手，带着意想不到的力量。

"哪里也不用去，我只想好好地与你聊聊天。我有很多话想要同你说，也有很多话想要听你说。"

"我明白了。那么，您想听些什么呢？"

母子俩手握着手，凝视着彼此的眼睛，聊起许多往事。说着说着，他们笑了起来，而后流下眼泪，而后再次展露笑颜。

第二日清晨，哈利马先生的母亲与世长辞。她在哈利马先生的怀中，在他"母亲，我深爱着您"的话语之下，心满意足地踏上了漫长的旅途。

哈利马先生红着眼眶，目送母亲离去，脸上却缓缓地浮现一抹幸福的微笑。

从此以后，那抹微笑伴随了哈利马先生一生，再也不曾从他的脸上消失。

3
美丽的人鱼糖饼

夏日的夜晚，五岁的小女孩雪拉跟随叔叔前往糖饼店。

红糖制成的糖饼五光十色，造型栩栩如生，分外好看。

其中有龙、猫咪母子、老虎、孔雀、骏马、天鹅、花束以及各种小巧水果装点而成的果篮、城堡。

店铺里摆放着不少诸如此类的糖饼，看上去琳琅满目，然而，唯有一块糖饼深深吸引了雪拉的目光。

那是一只人鱼。

人鱼尺寸较大，需要雪拉用双手才能捧住；翡翠色的长发宛如海藻，微风拂过，似能随风飘扬；人鱼脸上挂着柔美的微笑，腰部以下的鱼尾覆盖着草绿色的鳞片，鱼鳍则呈金色，胸口的扇贝雕刻得十分精细。

　　这只人鱼美好得仿佛是从绘本中走出来的，只一瞥，雪拉便对它着了迷，眼中再也容不下其他事物。经不住她的百般央求，叔叔终于心软，为她买了这块人鱼糖饼。捧着它的瞬间，雪拉差点欢欣得跳起来。

　　雪拉带着人鱼糖饼小心翼翼地回到家中，轻轻将它放入透明的玻璃糖罐里。圆形的糖罐犹如金鱼缸，为人鱼提供了栖息的场所。

　　雪拉格外钟爱这块人鱼糖饼，连续好几日不停地同它说话，好似和洋娃娃玩过家家的游戏。当然，她根本不打算吃掉它。如此漂亮的小伙伴，她怎么忍心又舔又咬呢？她要一直、一直这样收藏着它，让它陪在自己身边。

　　然而，眼看雪拉如此沉迷，妈妈严厉地对她道："雪拉，听话，快点吃了那块糖饼。"

　　"才不要。我要一直这么保存着它。"

　　"听我说，雪拉，那是糖饼，并非真正的人鱼，你

69

明白吗？"

"明白，但人家就是想要收藏它嘛。"

"不可以。妈妈理解你的心情，你觉得它很好看，所以舍不得吃，对不对？可是这种糖饼，保质期很短，就算现在不吃，迟早有一天它也会融化。到那时，妈妈只好将它扔掉了。"

闻言，雪拉难过地哭了起来。

她真的非常喜欢这只人鱼。因为喜欢，所以想要长长久久地保存。倘若这只人鱼不是糖饼，而是用玻璃做成的就好了。

不过，妈妈说得没错，这样下去也不是办法。

妈妈是认真的，无论雪拉如何哭闹，待人鱼融化后，妈妈都一定会扔掉它。自己究竟应该怎么做，才能守护这只人鱼？有没有什么方法可以让它始终保持现在的模样？

"总之，先把它藏在某个地方吧。"

雪拉心神不宁地想着，拿起装有人鱼的玻璃糖罐。

"咦？"

雪拉吃了一惊，只见糖罐下方出现了一张卡片。卡片整体呈现漂亮的深棕色，勾勒着金色与绿色的花纹。

雪拉尚不识字，不知道卡片上那些用银色墨水写着的句子是什么意思。虽然看不懂，但她恍惚间明白了一件事。

这张两折式样的卡片是寄给自己的，而她必须打开看看。

她将玻璃糖罐放在一旁，拿起那张卡片，轻轻打开。

转瞬之间，一团金色的光芒倏然涌现在雪拉眼前，温柔地包裹住她的身体。

乘着这团光，雪拉从自己的卧室来到一个全然陌生的场所。

这里天空薄暗，雪拉完全不认识路，只觉格外神奇。像是置身某座城镇，四周雾霭弥漫，所有建筑都笼罩在一片朦胧的青灰色之中。明明方才还是暑气逼人的午后，来到此地，雪拉却旋即感觉到一股幽凉的湿意，并且周遭静谧得可怕。

　　然而，雪拉心里一点也没感到害怕，因为她还来不及这么想，便瞧见眼前有一栋房子，此时，一只大大的猫咪打开白色的房门，从里面走了出来。

　　猫咪披着一身柔软的橘色皮毛，用后足支撑起身体，像人类一样行走。它的脖子上系着时髦的蝴蝶结，身上穿着一件漂亮的黑色背心。

　　眼看雪拉被自己吓了一跳，猫咪彬彬有礼地对她垂下脑袋。

　　"这位客人，欢迎光临。今日实在不巧，我家主人有事外出，但他应该很快便会回来，请至店内等候。"

　　雪拉听得瞠目结舌。

　　说话了，猫咪居然说话了。而且，它的声音竟然这么悦耳。

　　雪拉心跳加速。能够遇见会说话的猫咪，这本身就像一场幻梦。并且，她还感觉，那扇门的里面存在着更加不可思议的事物。

雪拉心里好奇得不得了，立刻依照猫咪所说，穿过白色的店门。

店里堆满各种各样的杂物，雪拉觉得自己好似置身于一只巨大的收纳箱。

"天哪，好厉害！这里居然有这么多东西！"

雪拉兴奋地左顾右盼，周遭的小玩意儿实在太多，看得她目不暇接。此刻，她真希望自己能够多长几双眼睛。

"那颗大大的东西是红宝石吗？这只人偶的脸好可怕！哎，那把伞破了个洞吗……为什么这里放着一个破旧的包包呢？为什么呀？"

面对兴奋不已的雪拉，猫咪开口道："因为这里是十年屋。"

雪拉一面往店铺深处走，一面听猫咪介绍这间不可思议的店铺。

这里是一位名为十年屋的魔法使开设的店铺。只要求助于他，便能将自己的心爱之物寄存在店里，为期十年。但凡想要寄存物品的客人，皆会收到一张来自店铺的魔法招待券。

"这位小客人，您会来到这里，说明已经收到我店寄出的招待券。您是有什么物品希望寄存吗？"

"有呢。"

雪拉重重地点了点头。

"我想寄存一只非常漂亮的人鱼。不过，它是用红糖做成的，妈妈让我尽快吃掉，还说要是我不快点吃掉的话，它会变得黏糊糊的。但是，我一点都不想吃掉人鱼。"

"可它只是糖吧？"

"和这个没关系。它是我的宝贝，我想一直一直保存着它。"

猫咪耸了耸肩，表示自己似懂非懂。

"卡拉西不太明白，这件事还请小客人同我家主人聊一聊。总之，在主人回来之前，就由卡拉西招待您吧。"

"谢谢你，小猫咪。"

"请叫我卡拉西。"

说话间，卡拉西已经引着雪拉走进店铺里间的会客室。

待雪拉坐在漂亮的沙发上后，卡拉西煞有介事地将了抒胡须。

"这位小客人，您的运气真不错。"

"为何这么说呀？"

"最近，卡拉西沉迷于制作裱花蛋糕，而今天碰巧做出了迄今为止最为成功的一款，因此想请客人品尝。"

"蛋糕？请我品尝？"

"没错。请您稍等片刻。"

说完，卡拉西便消失在里面的小屋，没过一会儿再次返回。这一次，它端着一只托盘，上面盛着大大的蛋糕。由于盘子很沉，它不得不用前爪端着托盘，并将其顶在脑袋上。

见此情形，雪拉几乎忘记呼吸。

她从未见过这样可爱的蛋糕！

整个蛋糕覆盖着闪闪发光的糖衣，仿佛披了一层晶莹的雪花。原本仅有糖衣，看起来已经足够夺目，没想到蛋糕上还配有各种精致的装饰。

首先，蛋糕最外层涂着醒目的青色麦芽糖，那般清澈水嫩的色泽，令人联想起深邃静谧的池塘。而且，在这方湛清的"池塘"上，还绽放着一丛杏仁蛋白软糖做成的水仙花，给人幽凉静好之感。

接下来，蛋糕中央栖息着一只天鹅，是用纯白的砂糖做成的。天鹅舒展羽翼，模样仿佛女王般华丽又优雅。

雪拉眼睛一眨不眨地凝视着蛋糕，完全被它夺走了心神。从前，在家里某位姐姐的婚礼上，她曾见过一个缀满粉色巧克力玫瑰的豪华裱花蛋糕，而眼前的蛋糕无疑比那个婚礼蛋糕更加精美。

卡拉西自豪地对雪拉开口道："怎么样？您喜欢这个蛋糕吗？"

"……太厉害了！我还从没见过这么漂亮的蛋糕！"

听闻雪拉的夸赞，卡拉西越发骄傲地挺起胸脯。

"听您这么说，我很开心。对于蛋糕的口味，我也很有自信。请您尝尝看。"

说完，卡拉西拿起大大的餐刀，毫不犹豫地准备朝蛋糕划下，没想到，雪拉忽然放声大叫起来。

"不要！！"

"喵！！"

骤然听到雪拉的叫声，卡拉西吓得直直地竖起尾巴，此时它的尾巴看起来与清洁刷一般无二。

"唉，吓死我了。您……您怎么了？"

"什么怎么了！你刚才打算做什么？"

"做什么？我打算切蛋糕，否则如何让客人享用呢？不管怎么说，它毕竟太大了，客人不能一口气吃下整个蛋糕。"

"不可以！不可以吃掉它！怎么能吃掉这么漂亮的蛋糕啊！"

卡拉西困惑地歪着脑袋道："可是，蛋糕就是为了被我们享用而存在的啊。卡拉西制作这个蛋糕，也是希望客人与主人品尝一番。"

"……"

"小客人，莫非您其实不想吃蛋糕？您讨厌蛋糕吗？"

"不，不是这样的。我很喜欢蛋糕，可是，我的意思其实是……"

一时之间，雪拉有些焦躁，拼命在脑海中组织语言。

"……卡拉西，你难道不会觉得难过吗？好不容易做出这么漂亮的蛋糕，费了那么多力气，一定很辛苦吧？你不想将它珍藏起来吗？一旦吃掉的话，就什么都没有了，你明白吗？"

"如果是这样的话，那么卡拉西觉得，下次再做一个更加漂亮的蛋糕就好了。"卡拉西微笑着道，"制作蛋糕永不会抵达终点，就像爬楼梯一样，做好这个后，便会期待着做另一个。比如，下次该做成什么形状，要使用哪些水果和奶油，等等。当卡拉西思考这些问题的时候，也会感到非常开心。"

"……"

"而且，这个蛋糕绝不会消失的。"

"嗯？"

雪拉愣愣地问道。卡拉西走到她面前，将自己小小的前爪放在胸口。

"制作出漂亮的蛋糕，令客人倍感开心，这些都将被卡拉西存放在心底。因此，即便这个蛋糕再也不复此刻的形状，也绝对不会消失。"

雪拉惊讶极了。

存放在心底。即便再也不复此刻的形状，也不会消失。

听闻此言，雪拉只觉卡拉西的话语迅速蹿入自己的胸口，令此前耿耿于怀的种种，如肥皂泡般倏然破裂。

瞧着神情怔然的雪拉，卡拉西语气担忧地道："不过，如果小客人实在不愿意吃，就不用理会这蛋糕了，不如尝尝奶油苏打，怎么样？"

"……不是的。我其实，很想品尝一下蛋糕。"

"那么，我这就为您切蛋糕？"

"好的。"

卡拉西放下心来，迅速用餐刀将整个蛋糕切为小块。

雪拉倒抽一口凉气，虽然已经做好心理准备，但是眼睁睁看着那样精致的蛋糕变得面目全非，她依旧感到悲伤。

卡拉西手持餐刀，动作流畅地继续切着蛋糕，而后将切好的一块盛在雪拉的餐盘里。这块蛋糕大小适当，并且刚好完整地保留了那只天鹅。

"来，这是您的蛋糕，请慢用。"

"……我开动了。"

雪拉怀着些许哀怜之情，将蛋糕送入口中。

吃下第一口的瞬间，雪拉开心地笑了。"蛋糕被破坏"的哀伤，眨眼间化作满腔的幸福。

这块蛋糕如此可口，甚至能够令人忘记悲伤。

蛋糕里夹着满满一层柠檬味奶油，清爽的芬芳与酸甜的口感不断诱惑着雪拉的味蕾。海绵状的糕体绵软湿润，搭配奶油再适合不过。糕体外侧那层酥脆的糖衣则拥有绝佳的口感。

"好吃！真的太好吃了！"

"能合您的口味，卡拉西不胜荣幸。请尽情享用。"

"嗯，我要吃，我要吃！小卡拉西，你真厉害呀，能够做出这么漂亮又可口的蛋糕。希望将来有一天，我也可以做出这样的蛋糕。"

"您一定可以做到。"

"好，我会努力试试的。哎，这蛋糕真的很美味！"

雪拉香甜地吃着蛋糕，卡拉西则在一旁开心地注视着她。

吃完第二块蛋糕后，雪拉已经饱了。可惜自己食量太小，否则一定会再吃一口。

接下来，卡拉西为雪拉倒了一杯牛奶，有些担忧地瞥了一眼暖炉上方的时钟。

"说起来，主人怎么还没回来呢。小客人，需要我现在就联络主人吗？"

"啊，不用了。我已经决定了，还是不寄存人鱼糖饼。"

"哎？"

这个回答着实出乎卡拉西的意料，它惊得前爪一抖，差点将牛奶壶摔在地上。

"这……这样真的可以吗？"

"嗯。吃了小卡拉西做的蛋糕，我总算明白了，面对美味的东西，果然应该专心致志地享用，所以，我这就回家啦。"

干脆利落地说完这番话，雪拉从沙发上站起身来。

卡拉西一边惊讶地眨着眼睛，一边说道："请往这边走，您便可以回家了。"一边将她带至白色的店门旁。

离开店铺前，雪拉忽然紧紧地抱住卡拉西。

"谢谢你，小卡拉西。蛋糕真的很好吃……我啊，已经决定了，将来要好好研究制作蛋糕的技巧，做出非常漂亮的蛋糕，总有一天也让小卡拉西大吃一惊。"

"那可真是令人期待。若您做出这样的蛋糕，请一定让卡拉西品尝品尝。"

"嗯，一定要来尝尝哦。再会。"

雪拉微笑着打开店门，蹦蹦跳跳地往店外奔去。

卡拉西站在原地，仍旧一脸困惑。

"真的回去了……这样的客人卡拉西还是第一次遇见，来到店里，却什么都没寄存。"

此事一定得向主人汇报。可是主人，您怎么还不回来呢？

卡拉西一面思索着，一面返回会客室，展开整理清扫的工作。

那日午后，雪拉的妈妈偷偷躲在女儿卧室外，关注着屋子里的动静。不料，眼前的场景令她诧异地瞪大了眼睛。

雪拉竟然一边吃着那块她最爱的人鱼糖饼，一边在纸上涂抹着什么。

原本那么抵触吃掉人鱼糖饼的女儿，怎会突然出现如此大的转变？

雪拉的妈妈担忧地走到女儿身边。

"雪拉。"

"嗯，有事吗，妈妈？"

"那个……你打算吃掉这块人鱼糖饼了？"

"嗯。因为这是糖饼呀，糖饼当然就是用来吃的嘛。而且，我已经想明白了，就算吃掉它，它也不会消失的哦。"

"是……是吗？妈妈不太明白你的意思，不过，你觉得开心就好。"

这孩子究竟遇到了什么事，怎么忽然想通了？雪拉的妈妈百思不得其解，悄悄瞄了一眼雪拉正在画的画。

"咦，这幅画画得真好。这是什么？猫咪吗？"

"嗯，它叫作卡拉西，不仅会开口说话，还能做出好吃的蛋糕呢。"

"那么，这边的小姑娘是雪拉？"

"对呀，我正和小卡拉西一块儿做蛋糕。"

"这蛋糕足有三层呢，也太大了吧。"

"不仅如此，我还要给这个蛋糕增添许许多多的装饰。外面呢，要贴一圈贝壳形状的杏仁蛋白软糖，再用水蓝色的生奶油做出波浪的感觉。"

"原来如此，看起来就像大海一样呢。"

"对呀，然后，蛋糕的最上面有一艘月牙似的小船，一只与小卡拉西长得格外相似的猫咪就坐在小船里。那只猫咪是用点心做成的哦，它的身边伴着一块人鱼糖饼……对了，妈妈。"

"怎么啦？"

"将来有一天，我希望自己能够亲手做出这个蛋糕。"说完，雪拉拿起彩色铅笔，继续开开心心地画着。

4
悲
剧
的
双
腿

安娜是名十岁的小姑娘，非常渴望获得大家的宠爱。她无时无刻不期盼自己能够引人注目，并且被周围人夸赞"小安娜真厉害"。

然而可惜的是，安娜并非那种值得被大家夸赞"真厉害"的姑娘。她的容貌不算出众，在功课或运动项目上也无一技之长，更不具备成为艺术家的天赋，而她本人亦不愿意为之努力，认为都是非常麻烦的事。

种种因素导致安娜学会了撒谎。通过谎言，她将自己塑造为理想中的模样。

比如，她的某位小伙伴说"今年暑假去了海边度假"，安娜便不失时机地接茬道："我也去了哦，住在爸爸朋友的别墅里。那座别墅好大好大，像一座宫殿。"乘机

抢过话题。

当某位小伙伴说"下次打算试试织毛衣"，她则会说："上次我也为爸爸和弟弟织了毛衣。"闻言，小伙伴央求道："教教我怎么织吧。"她便急忙推托道："抱歉哦，不久前我的眼睛受伤了，到现在还看不清针眼，所以没法教你。"

希望引人注目、获得夸赞，大抵可视为人之常情。甚至，有人会不假思索地编造谎言，若是一次两次，倒也无妨。

然而糟糕的是，安娜的谎言已经太过频繁。一旦某位伙伴获得称赞或受到关注，她便忍不住取而代之，为了达到这一目的，她自然而然地借用撒谎的手段。

"我家其实特别有钱，家世非同一般。当初，爸爸和妈妈的恋爱被族人视为门不当户不对，结果两人都被逐出家门。如今听说爷爷一辈已经原谅了我们一家，所以呀，我很快就会过上公主般的生活了。"

"听我说听我说，老师，你知道吗？我的叔父是有名的诗人哦，所以我也继承了他的才华。很厉害吧？"

"那个小朋友之所以获奖，都是因为我让着他，没有拿出自己真正的实力。毕竟，如果总是我得奖，也太对不起大家了。"

"哎，你的爸爸买了一辆新车？我家的车也是崭新的，而且是最新款，外形特别漂亮。你想见识见识？对不起，它被我表兄借走了，说是约会要用，恐怕好长一段时间都不会还给我家。"

安娜早已习惯活在自己编造的谎言里，撒谎，对她而言仿佛呼吸一样自然。

一般情况下，倘若一个人持续地、过于频繁地撒谎，慢慢地会为自己感到可悲。然而，安娜与之相反，谎言越多，她便越发坚信它们皆为"事实"。

可惜，当安娜撒下过多的谎言后，终于开始无法自圆其说。

渐渐地，大家察觉了这一点。

"那家伙，感觉有点奇怪啊。"

"她说收到了男孩子寄给她的情书，你相信吗？"

"有一次，她忽然对我说，'人家已经有喜欢的人了，所以不能同你交往'。这话听起来不就像我喜欢她吗？开什么玩笑！"

"她还哭着告诉我，自己被吉欧欺负了……你忘了？就是上次，吉欧用球砸了安娜的脚，还记得吗？那次绝对不是吉欧故意的，她居然说自己被他欺负了，脑子有病吧！"

"还有一次，她说自己家特别有钱，最近又说自己是被父母从森林里捡回来的。你觉得哪句是真，哪句是假？"

"我敢肯定，哪句都不是真的。那家伙就是个撒谎精。"

撒谎精。她的话都不能相信。

渐渐地，大家开始讨厌安娜，不再同她玩耍。身边的小伙伴，一个接一个地离她而去。

再后来，便是安娜的家人，也对她的谎言感到厌烦。

"安娜，你也该适可而止了吧，为什么老是喜欢撒谎！"

"撒谎的孩子会立刻受到惩罚，你可真是不让人省心啊，安娜。"

曾经，爸爸和妈妈还会像这样，或是生气地指责她，或是对着她忧心地哭诉，近来却放弃了对她的教导，甚至开始对她视而不见。

终于，安娜察觉自己变成了孤独一人，不由得焦躁起来。

"为什么？为什么我总是这么倒霉呢？我只不过希望得到大家的关注，被夸赞几句，听他们说我很厉害而已，难道这样也不行吗？不，我没有错，错的是大家，是大家根本就不重视我。"

安娜从来都不懂得，自己的谎言为周围人带去多大的困扰。

不过，唯有一点她是明白的，那便是这样下去，所有人都不会再理睬自己。

在安娜眼中，没有比这更可怕的事了。

即便无人羡慕、夸赞自己也没关系，总之，安娜希望大家关心她，不要忽视她。为此，她应该怎么做呢？

就这样，她每日绞尽脑汁地思考着。有一天，她在街上遇见一名女子。

女子似乎受了伤，腿上缠着绷带，手中拄着拐杖。这时，一个男人从她身边路过，对她语气亲切地道："你的腿不太方便呢，要不，我帮你拿行李吧。"

"啊，不用了。怎么好意思麻烦陌生人呢。"

"别客气。常言道，遇到困难就该互相帮助嘛。"

男人说完，便伸手拿过女子身上的行李。

就是这样！

安娜脑海中灵光一闪。倘若自己生了病或是受了伤，大家应该会很担忧，说不定还会关心地问她："不要紧吧？"

第二天，安娜偷偷从家里拿走一卷绷带。然后，在去学校的路上，她将绷带一圈圈缠在手腕上。

她皱着眉，假装很疼似的走进教室，原本对她视而不见的同学纷纷围拢过来。

　　"你的手怎么了，安娜？"

　　"天哪，居然还缠着绷带，看上去好像很疼的样子……"

　　"要不要紧呀？"

　　一时间，同学们的目光与疑问令安娜喜不自胜。

　　"嗯，没关系。昨天，我帮妈妈做家务的时候，不小心摔碎了一只盘子，手被碎片割伤了。"

　　"啊，好疼。"

　　"流……流血了吗？"

　　"流了好多血，还缝了十针呢。"

　　"噫！真可怜！"

　　"……喂，安娜，今天本来轮到你给学校花坛里的花浇水，要不我替你吧。"

　　"还有哦，安娜，放学后咱们一块儿回家怎么样？我帮你拿书包。"

"谢谢。"

安娜享受着周围同学或同情或关切的目光，只觉一颗心几乎飞上天际。还不够，这样美妙的滋味她还想品尝更多。

她希望他们更加担心自己，更加温柔地对待自己。

从这天起，安娜不知假装受伤、生病了多少回。

只要她在腿上缠着绷带，煞有介事地一瘸一拐地走路，陌生人便会走上前来，亲切地给予她帮助；只要她嚷嚷"头好疼"，大家便会温声询问："不要紧吧？"所有来自他人的关怀，犹如美味的点心，令安娜心醉神迷。

然而，这样的状况并未持续太久。

"她的手腕恢复得太光洁了，之前还缠着绷带呢，现在看起来，一点疤痕都没留下吗？"

"而且，她喊头疼、肚子疼的次数也太多了，却从来没见她去过保健室。"

"……居然装病。"

"不会吧，就算她喜欢说谎，也不至于编造那么多谎言。"

"可她毕竟是安娜呀。"

后来，连老师也深感可疑，对安娜道："最近，老师想与安娜同学的父母聊一聊。你可以回家问问父母，什么时候方便来学校一趟吗？"

这下糟糕了。闻言，安娜脸色苍白。倘若事情暴露，大家会非常生气吧。而那些同学此前有多么担心她，此后便会有多么愤怒。况且父母知道后，肯定会狠狠教训自己一顿。

必……必须想想办法。

要不，干脆真的让自己的腿骨折吧？但她又很怕疼，如果胡乱折腾一通，留下后遗症，她可受不了。

哪怕只有一会儿也行。为了获得大家的体谅，若能将自己健康的手或腿寄存在某处，便再好不过了。

安娜一边思索着诸如此类不人道的解决方式，一边磨磨蹭蹭地往家走。这时，她忽然发现裙子口袋里有什么东西。

她掏出那东西，旋即吃了一惊。这是一张她从未见过的深棕色卡片。

一定是某位同学写给她的情书，而对方没有勇气将它亲手交给她，便悄悄塞进她的裙子口袋里。

原本的烦恼被安娜抛至脑后。她连收信人是谁都来不及确认，便打开了卡片。顷刻间，一团光芒自卡片中溢出，轻柔地包围了她。

"唔！"

安娜不由自主地用双手覆住脸颊。

待感觉光芒散去，安娜才提心吊胆地松手。

她简直惊讶得说不出话来。

方才自己分明走在回家途中，此刻却站在一条灰蒙蒙的街巷里，四周并立着砖块构造的建筑，格外寂静，渺无人烟，空气中浮荡着青白色的雾霭。

安娜心底迅速涌起不安。她十分厌恶孤单一人。恰在此时，她看见眼前有一栋房子，大门是白色的，于是拔腿朝那栋房子跑去。周遭一片昏暗，唯有那栋房子透出些许灯光。她确定有谁正在屋里。

"打扰了，请问有人吗？"

她猛地推开门，飞快地跑进去，只见房子里堆积着大量杂物。

仓库？不，这里看上去更像一间古道具店。目之所及，件件皆为早已破损的物品。这些东西真的有人买吗？

安娜心中纳闷，继续往前走着。不一会儿，她看见了那位坐在店铺深处的男子。

无论是那头柔软的栗色卷发，还是端正沉稳的五官，这名男子都无疑是安娜喜欢的类型。他身材瘦削，身形挺拔，鼻梁上架着时髦的眼镜。最重要的是，他有一双动人心魄的琥珀色眼瞳。

男子礼貌地冲安娜点了点头。

"欢迎来到十年屋。"

"十年屋？"

"不错。这位客人，您既已来到本店，便意味着手边有某些想要寄存的物品吧？在十年屋，任何物品皆可寄存。"

"任何物品都可以吗……你在骗人吧？"

"您认为我在说谎吗？"

男子用那双琥珀色的眼眸安安静静地注视着安娜，于是，她醒悟过来。

这人是一名魔法使。天哪，好棒！自己竟然遇见了真正的魔法使，改天一定要好好地向同学吹嘘一番。

安娜双眼放光，上前紧紧搂住了魔法使。

"这……这位客人？"

"我信！你是真正的魔法使对吧！我太感动了！喂喂，听我说，我正烦恼着呢！事实上，最近我被同学们欺负，觉得日子没意思极了。不管是老师，还是同学，大家都很过分，所以我想着，要是自己的腿受了伤，说不定一切就会好起来。你懂得吧，你能明白吧！"

哪怕不择手段，她也要捕获这位魔法使的心，让他为自己实现心愿。

安娜做梦也没想到，自己的话语，那些掺杂着谎言的故事，那似乎在向对方暗示"真的很可怜对吧，快说你可怜我啊"的目光，会令聆听者感到无比厌烦。总之，安娜不顾一切地诉说着。

也是这个缘故，十年屋始终找不到时机开口。他甚至没能对她说"请至里间喝杯茶如何"。而当安娜终于叨念完毕，他已彻底不打算说。她的故事令他意兴阑珊。

还是趁早送这位客人离开为好。

原本一直在里间待命的执事猫咪卡拉西，大约也抱着同样的想法，迟迟不肯现身。

"您的意思，我明白了。"

十年屋道，毫不留情地打断了意犹未尽的安娜。

"那么，就将您健康的双腿寄存在店里吧。"

"可以吗？"

"可以。虽说名义上是寄存，但本店并不会真正收取您的双腿，您不也是如此期望的吗？"

"嗯。还有，我讨厌疼痛的感觉。"

"既是如此，本店便只从形式上收取您健康的双腿，您能理解我的意思吗？也就是说，您的双腿看起来仿佛受了伤，实际上丝毫不妨碍行走，也不会感受到任何疼痛。"

"会让医生察觉我在装病吗？"

"绝无可能。他们只会判断为病因不明的疾病。"

如此便再好不过了，安娜几欲拍手称快。这不正是她所期盼的吗？

"话说回来，他竟然提出了这么一套符合我需求的方案，真厉害！简直就像童话故事中英勇出场的骑士，也不知今后他会不会一直这样守护着我？"

安娜装作若无其事般看向十年屋，谁知后者无动于衷，冷淡地讲起契约一事。

寄存期限为十年，代价为安娜本人一年的寿命。一旦支付，恕不退还。

安娜爽快地接受了所有条件，毫无怨言地在契约书上签下自己的名字。

"快，施加魔法吧，现在！立刻！马上！对我施加魔法吧。"

安娜雀跃不已，站在魔法使面前。只见魔法使摆出奇怪的姿势，对着安娜的腿，伸手向旁侧迅速一划。

"好了，寄存完毕。"

"哎？这样就可以了？"

居然什么感觉都没有，安娜纳闷地看向自己的腿。

"啊！"

她蓦地尖叫起来。

裙子下面的腿，不知何时覆盖上赤色与绿色相间的锯齿形鳞片，看起来滑腻不堪，闪烁着刺目的光芒，令人忍不住反胃。

安娜浑身无力地瘫倒在地，完全不敢相信自己眼前的一切。恰在此时，她的一只鞋子从脚上滑落，于是，她看见了自己赤裸的脚掌，它已变作青白色的、扁平如同鱼鳍的东西。

这腿根本就不属于人类。只有怪物才会拥有这样一双腿。

"这……这……这是怎么回事！讨厌，怎么会变成这样！"

"请勿喧哗。不管怎么说，它也只是外形如此，来，站起来试试看。"

"怎么可能站得起来！我的腿已经变成了一条鱼尾巴！"

"没问题的。这不过是某种障眼法罢了。您仍旧站得起来的，不信试试看。"

安娜抓住魔法使的手，胆战心惊地站起身。确实，她依然可以像从前那样站立。她又稍微向前迈了一步，丝毫没有感到不适或疼痛。

魔法使果然只是改变了安娜双腿的外形而已。

最初的惊恐过去后，安娜开心地笑了。这样就好。倘若大家目睹她现在的双腿，应该不会再怀疑她装病了吧。不，他们根本不会怀疑，并且，就连最近对她不冷不热的父母，也会脸色大变，忧心忡忡。

"请问您对这样的处理方式感到满意吗?"

"非常满意。谢谢你,魔法使先生。你真是我的救命恩人。"

安娜不停眨巴着眼睛,凝视着面前的十年屋。十年屋却连眉头也不皱一下,沉静地开口:"那么,当您希望取回双腿的时候,请在内心强烈地许愿,便能再次来到本店……时间已经不早,您该回家了。"

"话是这么说没错,可用这样的腿走回去,会很辛苦吧……喂,你不送我回家吗?"

"……明白了。那么,多有冒犯。"

说话间,十年屋将安娜抱在怀中。安娜仿佛做梦一般,只觉自己变成了一位公主。

抱着强忍笑意的安娜,十年屋离开了店铺,将她送至家门口。

"你回来了,安……等等!你这是怎么了?"

冷不防看见自己的女儿被陌生男性抱在怀里送回家中,安娜的母亲吓了一跳,脸色唰地一下变得苍白。

见此情形，十年屋冷静地道："令嫒倒在路旁无法动弹，我恰好路过，便将她送了回来。那么，我告辞了。"

放下安娜后，十年屋便利落地转身离去。

即便来不及跟他道别，安娜也毫不在意。因为此刻，母亲正惊慌失措地向她扑来。

"啊，安娜！我的安娜啊！你的腿究竟是怎么回事？等……等等，妈妈这就给你爸爸公司打电话，让你爸爸立刻回来，然后开车送你去医院。"

"好的，妈妈。"

"安娜！我可怜的安娜！"

许久没见母亲如此慌乱，安娜禁不住在心里满意地窃笑。

接下来发生的一连串事情，无不让安娜喜出望外。

首先，父亲气喘吁吁地赶回了家。

然后，他马不停蹄地将安娜送到医院，护士们一拥而上，问道："发生了什么事？"

最令安娜满意的，是医生的态度。

听闻护士们的惊呼，医生旋即赶来。这是一位年轻英俊的男医生，身材修长，名叫索兰，据说是治疗腿部疑难杂症的专家。

安娜很喜欢这位索兰医生。他神情专注地检查了安娜的双腿。

她希望由他担任自己的主治医师，希望他为自己的状况感到担忧，继而语气温柔地同自己讲话。

安娜红着眼眶，对医生撒娇道："医生，救救我！我的腿忽、忽然就变成了这副模样！使不上力气，也没有任何感觉，连一步也动不了！"

"别怕。你会没事的。说实话，从医以来，我从未见过这样的病症，眼下尚不知从何处着手展开治疗。不过，无论发生任何事，我都会竭尽全力地帮助你，所以，让我们一起加油吧。"

"好！"

就这样，安娜住进了医院。

每日她都无所事事地躺在病床上，假装双腿无法动弹。倘若想去某处，便央求身边人抱着自己，抑或利用轮椅。

这样的演戏有时会为自己带来不便，可在大好心情之下，安娜对一切甘之如饴。

不管怎么说，自她住院那日起，家人始终陪伴左右，学校的老师、同学也纷纷前来探望。为她做检查时，医生与护士既温柔又耐心，面对她鱼尾巴似的双腿，亦会流露出真切的忧虑。安娜还是第一次遇上如此美妙之事。

尤其值得一提的是索兰医生。为了治疗安娜，他投入极大的热情尝试各种药剂，阅读大量文献与医学著作，想尽一切办法，争取治好安娜的双腿。

这段日子，索兰医生的目光与心思都放在安娜一人身上，这件事令她十分愉悦。要是这样的生活能够永远持续下去该有多好，安娜心想。

某日，索兰医生对安娜说："我想将治疗你双腿的过程写入论文。因为这是一桩世所罕见的疑难杂症，我相信它一定能够激发医学界无数专家的兴趣。倘若他们愿意助我一臂之力，说不定便能研究出一套可行的治疗方案。你同意吗？"

"嗯，就照医生说的办吧。"

"多谢。啊，对了，我还想顺便拍几张照片，可以吗？照片也会被放入论文中。"

"可以啊，这一切都是为了医生的论文嘛。"

索兰医生当即夸赞她"是个乖孩子"，安娜闻言，害羞地笑了起来。

拍完照片后，一周很快过去。

这天，安娜躺在病床上休息。母亲不在房里。因为方才安娜嚷着"我想吃樱桃"，母亲只好去给她买。最近，母亲对安娜几乎言听计从。

那么，在吃上樱桃之前，自己该做点儿什么好呢？眼下实在无聊，距离索兰医生前来诊断，还有整整一个小时。今天，他会对自己温柔地说些什么呢？会不会告诉她，等你好起来，我便陪你去动物园逛逛？

仅是这般幻想，已让安娜的嘴角勾起得意的弧度。

就在此时，病房门轻轻地开了，似乎有人推门而入。安娜躺在病床上，注视着房门的方向。

出现在那里的，是两名穿着护士服的男人，看上去颇为古怪。若是医院的护士，大抵会面带笑容，这两人却不苟言笑，表情猥琐，目光锐利且警惕。

若说他二人是护士，安娜却对他俩的脸毫无印象，当即有些慌慌不安。

"有什么事吗？现在需要更换被单或是病号服？"

面对安娜的疑问，两人置若罔闻，兀自窃窃私语。

"就是这个小女孩吗？她就是那个不可理喻的撒谎精？"

"嘿嘿，我可是听医生们私下议论过呢，305号病房的患者，双腿特别奇怪，检查无数次，骨骼和血液都无任何异常。而且，你看这张照片。根据照片的显示，她的双腿不是正常得很吗？然后，有的医生便猜测，她的腿是不是被施加了魔法。魔法虽然可以骗过普通人的眼睛，却骗不过医疗设备。所以，这张照片肯定没错。也就是说，照片上的双腿才是真实的样子。"

"原来如此，这么说，这孩子不惜借用魔法欺骗世人喽？倒也不奇怪，毕竟她是久经沙场的撒谎精嘛。好极了，好极了，这种小姑娘不正好符合戈拉夫人的需求吗？"

"接下来怎么做，要把她带走吗？"

"好嘞。"

之后的事，几乎发生在眨眼之间。两人已是惯犯，手脚利索地堵上安娜的嘴，用绳子捆住她的四肢，将她整个儿塞入一只巨大的口袋。

扎上口袋前，其中一个男人对瑟瑟发抖的安娜道："别怕哟，我们不会杀掉你的，而是将你送去戈拉夫人的糖果工场，你就在那儿好好劳动吧。开心吗，小姑娘，在那间工场，你可以爱怎么撒谎就怎么撒谎，因为戈拉夫人最爱的就是用谎话做成的糖果。要是你讨得夫人欢心，就能过上旁人难以想象的好日子。不过，做错事可不能哭鼻子哟，要是让夫人尝到那些混着眼泪的糖果，你立马就会被处决。爱惜性命的话，就拼命撒谎、努力劳动吧。"

男人不怀好意地笑着，紧紧束上口袋。

安娜被装在口袋里，只觉自己被送往某个地方。她想放声尖叫，却发不出任何声音；她拼命挣扎，却被扛着袋子的人狠狠拧了一把。剧烈的疼痛随之袭来，终于让安娜的身体无法动弹。

眼泪夹杂着恐惧夺眶而出。

为什么？为什么事情会变成这样？戈拉夫人？糖果工场？讨厌！我不要去那种地方！啊啊，为什么我会遭遇这种事情？

答案显而易见。

安娜是个撒谎成性的姑娘，因此，那些专爱拐骗撒谎小孩的男人自然而然盯上了她，因此，她会如眼下一般，被装在口袋里卖去陌生的工场。

早知如此，当初自己就不该撒谎。倘若没有欺骗同学、老师、父母，自己也不会遭遇如此可怕的事。如今，安娜总算理解了母亲的那句话——"撒谎的孩子会立刻受到惩罚"。而她也终于以最糟糕的方式，接受了上天的惩罚。

呜呜，对不起，对不起。我道歉，无论大家怎么对我生气、斥责，我都接受。所以，拜托了，谁来救救我！我一点都不想去戈拉夫人那里，不想在糖果工场劳动。要是眼下能够获救，我保证再也不撒谎了。

安娜抽抽噎噎地哭泣并道歉，心中充满悔恨，不断祈求他人的帮助。

然而，她始终没能回想起关于魔法使十年屋的哪怕一丁点记忆。

安娜已经彻底将十年屋对她说过的话抛到九霄云外："……当您希望取回双腿的时候，请在内心强烈地许愿，便能再次来到本店。"

如果此刻她想得起这番话，说不定已经获救。因为只要在内心祈祷取回自己的双腿，顷刻之间，她便能够抵达魔法使的店铺，从男人们手中逃过一劫。

可惜，安娜没能回想起来。那时候，她根本无心聆听魔法使的嘱咐，那些话语轻轻从她的左耳钻入，又迅速从她的右耳溜走。

就这样，撒谎成性的浅薄少女被男人们拐走，陷入未知的黑暗之中。

5
意想不到的寄存物

这天清晨，十年屋与执事猫卡拉西在店里享用了一顿丰盛的早餐。

松软的蛋包饭、酥脆的培根肉，以及用新摘的蔬菜拌成的沙拉。厚切面包上则涂满蒜蓉黄油，搭配新鲜橘子汁，奢侈得如同国王的早餐。

餐后甜点是一份洋李。正当卡拉西端着它走出来时——

当的一声，墙上的挂钟发出鸣响。天花板上啪地出现一抹圆乎乎的影子。

那是一个巨大的肥皂泡，底部系着银色丝线，外形仿若气球。见它正安安静静地从天而降，卡拉西吃惊地竖起了尾巴。

卡拉西当然明白，这里面装着十年屋代为保管的寄存物。只要将物品放入肥皂泡中，无论发生任何事，物品都不会损坏或腐朽。

此外，它还知道一点，当肥皂泡以这样的形式忽然出现，即代表物主决定不再取回肥皂泡中的寄存物品。也就是说，物品将正式归十年屋所有，并且会与此前所有类似的物品一样，陈列在店铺里，作为商品等候它的新主人。

话说回来，这个肥皂泡里装着的到底是什么啊？

卡拉西歪着脑袋思索。

肥皂泡里的物品并未呈现任何具体形状，犹如一团漆黑黏稠的雾气或水泡，不停蠕动着。倘若细细凝视，会产生某种错觉，仿佛整颗心都被吸入无边的黑暗中去。

卡拉西慌忙收回目光，转而朝十年屋问道："这究竟是什么东西？"

"啊，这个啊，当初客人前来寄存它的时候，卡拉西还没来店里工作……这件物品，可以说是那位客人的念想。"

"总觉得，它看上去不太干净。"

"没错，颜色是深了些，外观有点恐怖……寄存它的客人，一开始其实打算寄存另一件物品。"

思绪似被拉回久远之前，十年屋目光沉静，对卡拉西讲述起一桩往事。

好似遭遇了一场突如其来的阵雨，女子浑身湿透地出现在店门口。

她年纪尚轻，穿着寒酸，神情格外憔悴，脸上挂着黑眼圈，狼狈得几乎堪称不幸的范本。最重要的是，那双眼睛里寄宿着深切的悲哀与彷徨。

仿佛一只走投无路的小兽。看见她的第一眼，十年屋心里旋即冒出这样一句形容。

被魔法突然带至此处，女子困惑不已，怔怔地盯着十年屋。她纤细的臂弯中挎着一只大篮子，十年屋一看便知，那里面装着女子希望寄存的物品。

不过此事并不着急。今日天气寒冷，女子浑身的衣服都湿透了，若不立即烘干，她恐怕会冻僵。首先，得让她喝点暖和的东西，其次，大约需要为她准备些吃食。

十年屋尽可能放柔了声线，对女子道："这位客人，远道而来辛苦了。这里是十年屋，客人的任何物品皆可寄存于此。"

"寄存……"

女子原本无神的双眸忽然闪过一道光亮，烈烈如电。

"真……真的可以寄存吗？无论什么都行？"

"当然可以。请至里间详谈。来，快请进，我立刻为您准备一些简餐。"

仿佛被十年屋的话语吸引，女子顺从地走进店里。

待女子在会客室坐定，十年屋动作利落地点燃暖炉中的柴火，又为女子盖上一条柔软厚实的毛毯，接着泡好热茶，端出原本打算午餐时享用的三明治与南瓜浓汤。

女子狼吞虎咽地吃着。看她的模样，仿佛几天几夜没有好好吃过一顿饭。这么一点食物恐怕不够填饱肚子，十年屋在心里琢磨着，于是大方地拿出自己珍藏的肉馅饼。

待将肉馅饼也吃光后，女子心里的不安终于被驱散，有些羞赧地垂下目光。

"对不起……我实在太不懂礼数了。"

"哪里哪里，不过是粗茶淡饭，能够合您胃口，是我的荣幸。那么，请将事情都告诉我吧。您希望寄存的物品是什么？"

不出十年屋所料，女子果然直接将那只篮子递了过来。

"我想寄存这个，现在、立刻。拜托你了。倘若无法寄存，送给你也行。总之，我不愿再留着它了。"

"这样啊。不过，请容我先确认一下篮子里的究竟是何物。"

篮子里覆盖着几条毛巾，待层层揭开后，看到下面的东西，即便是见惯奇闻异事的十年屋，也吃惊地瞪大了眼睛。

"婴……婴儿……"

篮子里是一个刚出生六个月的婴儿，此刻他正在熟睡，脸色却不大好。

十年屋慌忙抱起他，确认是否体温过低，以及尿布有无必要更换。在此期间，女子固执地别开目光，不愿意看婴儿一眼。

十年屋又取来一条毛毯，小心翼翼地裹住婴儿，接着看向女子，道："这是您的孩子吗？"

"嗯……"

"您想寄存自己的孩子？恕我失言，本店乃是由魔法使掌管的店铺，您可知晓？"

"这种事情，我当然知道！"

女子目光里带着某种确信，狠狠地瞪着十年屋。

"就连你此刻内心的想法，我也一清二楚！你一定觉得我是个残忍无情的母亲吧？没错！我这样的女人，根本没资格成为母亲！我没有工作，也没有钱，成日都被公寓管理员和邻居嫌弃，他们说孩子太吵了。事实上，我很快就会被赶出那栋公寓。对居无定所的女人而言，抚养孩子是根本不可能的事！难道不是吗？"

"请……请冷静一点。我并没有责怪您的意思……说起来，您的丈夫呢？或者您有没有家人或别的亲戚可以求助？"

"怎么可能有！早在这孩子出生前，那男人就消失得无影无踪了，如今我根本不知道他在什么地方，在做什么。至于家人，已经很多年互不往来，我想哪怕联系他们，对方也只会冷冰冰地与我撇清关系吧。无家可归的女人是什么心情，你怎么可能理解！"

女子将内心的怨恨一口气宣泄而出，却忽然像个胆怯的孩子般低下了头。

"若继续这样，这孩子多半会受伤的。每当他号啕大哭，我的心就会狠狠一抽，感觉浑身发冷。有时候，我甚至会歇斯底里地冲他发火……我已经到极限了，尽管打算好好照顾他，做一位体贴的母亲，可越是这么想，我越是做不到……在自己亲手伤害这孩子之前，希望他

能够离我远远的。"

"拜托你了……"女子心力交瘁地呢喃着，声音充满深深的倦怠。

十年屋挠了挠脑袋："这个，倒也不是不能寄存。"

"真的吗？"

"是的，不过……您真的觉得这样可以吗？"

"这样就好。这孩子已经不适合再待在我身边。"

女子神情坚决，毫无动摇。

十年屋叹息着道："那么，我来讲讲签订契约的相关事宜吧。但凡寄存在本店的物品，期限皆为十年。然而，作为操控魔法的代价，我需要向客人收取一定的酬劳，也就是您的时间，您需要将自己一年的寿命支付给我，您愿意吗？"

"……一年的寿命，也不算什么。哪怕两年、五年的寿命，我也愿意支付。"

"一年寿命便已足够。本次您的寄存物品，是一个婴儿。十年之内，您可以在任何时间前来取回。待十年期满，本店会自动向您发出通知。"

闻言，女子的眸中再次闪过一道光芒。

"请问……假如十年后，我没有来取回呢？这孩子会怎么样？"

"他将正式归本店所有。一般来说，若是普通物品，会作为商品在本店出售，可若是婴儿……大约会被鹤女士带走吧。"

"鹤女士？"

"她是从头来过的魔法使。将物主抛弃的物品重新变作其他物事，这便是鹤女士所操纵的魔法。百闻不如一见，要不咱们去鹤女士的店铺实地看看吧。我这便带您前去。"

说着，十年屋掏出一支紫色的粉笔，在地板上描绘出一个传送法阵。接着，他牵住女子的手，怀中抱着婴儿，站在法阵中央。

"前往从头来过的魔法屋。"

十年屋话音刚落，女子便觉周遭之物为之一变。会客室里的家具模糊了轮廓，取而代之的，却是另一间陌生屋子。

眨眼的工夫，两人已置身于与十年屋风格迥异的另一间店铺。这里琳琅满目地陈列着不少魅力非凡的玩意儿，其中有各式各样的玩具，用玻璃珠制成的五彩饰品，优雅的服装，以及漂亮的香水瓶，等等。

女子看花了眼，正在目瞪口呆之际，店主走了出来。

"哎呀，这可真是稀客呢。"

"噫！"

果不其然，女子看到眼前的店主，吓得往后一缩。

从头来过的魔法使鹤女士，是一位标新立异的老奶奶。鼻梁上架着厚厚的眼镜，头发染成鲜艳的粉色，头上戴着宽大的帽子，帽顶插满针线，乍一看去恍若针山，帽檐上则缀着剪刀与毛线球。

她身穿一条非同寻常的连衣裙，裙子上装饰着各种奇形怪状的玻璃珠似的纽扣。

女子从未见过抑或听闻过打扮得如此稀奇古怪的老

奶奶，一时间惊讶万分，不停眨巴着眼睛。

对于女子的反应，鹤女士早已见惯不惊，转而对十年屋道："真没想到你会主动来我店里，怎么忽然想通啦？"

"事实上，今日我只是希望陪着我家客人参观参观鹤女士的店铺。"

"什么，你难得过来一趟，居然就为这个？"

十年屋随即对鹤女士说明了来龙去脉，鹤女士听得双眼熠熠生辉，眸中的光芒令人不敢正视。

接着，鹤女士转身看向女子道："也就是说，你已经不需要那孩子了吧。另外，你如此在意十年之后的事情，说明其实是想彻底放手喽？"

"我……"

"既然如此，事情就简单多了。现在便把那孩子交给我吧。"鹤女士直言不讳。

这番话完全出乎女子意料，她吓了一跳，再次惊讶得瞪大眼睛。

"废话我也不多说了，要做就趁现在，赶紧的。我可没有耐心等到十年后。既然你已决定不要那孩子，现在就把他送给我吧。我会将他重新做成一只非常可爱的玩偶。"

话音落下，鹤女士取过帽子上的大剪刀，走到十年屋怀里的婴儿跟前。

"住手！！！"

女子声嘶力竭地呼喊着，飞扑向婴儿。她从十年屋手中一把抢过孩子，紧紧抱在怀里，不让鹤女士碰他分毫。

这时的鹤女士，仿佛从童话故事中走出的坏女巫，用令人毛骨悚然的嗓音道："哎呀，怎么反悔了呢？要是将他变作玩偶，他就再也不会号啕大哭，也不需要更换尿布。只要你愿意，任何时候都可以抱着他、疼爱他，如此一来，将他留在身边也不是什么难事了吧？"

"不……不要……我……不要那样……"

女子脸色苍白，浑身颤抖。

见此情形，十年屋沉静地说道："果然如此。"

"咦？什……什么意思？"

"我是指您。我认为，您是一位深爱着孩子的好母亲。"

"……"

"刚遇见您时，我发现您自己分明早已湿透，篮子里的婴儿却毫发无损。为了替他遮风挡雨，您一定费了不少心思吧？其实，您一直在用尽全力地守护他，对吗？"

"不知道。我……我不知道，才没有那回事。"

"您曾说希望这孩子离您远远的，尽管如此，您依然深爱着他……您不觉得，一旦放手，您一定会后悔吗？"

十年屋温柔的声音淌过耳畔，女子哀哀地呜咽不止。

"可是……我真的已经没有能力照顾他了……我……我不知道自己该怎么办才好……"

"那么，您看这样如何？就将您此时此刻的心情，而非怀中的婴儿，寄存在我的店里吧。"

"哎？"

"长久以来，令您感到痛苦的并非这个孩子，而是您自身的想法：坚持不下去了，我是个失败的母亲。倘若将这份心情寄存起来，我想您一定能够更加坦然地面对生活。"

女子瞪大了眼睛。

"这种事情……"

"可以办到哦。别忘了，我可是魔法使呢。"

十年屋微微一笑，从背心口袋里掏出一根麦秆，对着它呼地吹了一口气，麦秆另一端旋即冒出一个大大的肥皂泡。

肥皂泡飘飘悠悠地浮在女子面前。

十年屋道："请将您此刻的心情注入肥皂泡中。无论是难过、痛苦，还是焦虑、憎恶，只要是您心中所想，请将之全部注入这个肥皂泡。能够做到吗？"

"我……我试试。"

"那么请闭上眼睛，放松心绪。"

女子闭上双眸，十年屋轻声呢喃般唱起了歌谣。那是唯有十年屋才能够唱诵的关于时间的魔法之歌：

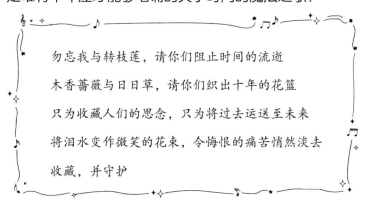

勿忘我与转枝莲，请你们阻止时间的流逝

木香蔷薇与日日草，请你们织出十年的花篮

只为收藏人们的思念，只为将过去运送至未来

将泪水变作微笑的花束，令悔恨的痛苦悄然淡去

收藏，并守护

一曲终了，肥皂泡中盛满旋涡般涌动的黑黢黢的物质，仿佛泥土，又似烟雾。

"还真是蔚为壮观哪……有这些东西长年累月压在心头，难怪整个人如此痛苦消沉。"

女子注入肥皂泡里的阴暗情绪，令鹤女士禁不住瞪大了眼睛。如今摆脱掉它们，女子立即变得神清气爽，容颜不再憔悴，双眸亦闪烁着明亮的光泽。

好似从噩梦中挣脱而出，女子轻声道："我……

曾经为什么那样纠结呢？没有工作的话，努力去找不就行了吗？被赶出公寓的话，重新去租更好的房子不就行了吗？"

"怎么样，现在您的心情舒畅不少吧？"

"嗯。现在感觉……非常好，而且充满干劲，似乎做什么都没问题，因为，我还有这个孩子啊。"

女子脸上漾起一抹甜美的笑意，吻了吻自己怀中的婴儿。与初来此处的她相比，判若两人。

女子愉快地支付了一年寿命，满心喜悦地离去。

店铺里只剩下十年屋与鹤女士，两人不由得相视而笑。

"您的演技太逼真了，鹤女士。一听您说要将婴儿做成玩偶，那名女子是真的被吓住了。"

"呵呵，听你讲完事情经过，我脑子里忽然有了这个想法。有意思，偶尔扮演一下鬼婆婆也不赖嘛……不过，这次你可是做了一桩赔本的买卖。"

"是吗？"

"是啊。"

鹤女士神情严肃地指着那个盛满阴暗心情的肥皂泡。

"无论一年后，还是十年后，我敢肯定，那位母亲绝对不愿前来取回它。你打算如何？这么令人生厌的玩意儿，就算摆在你的店里，也是无人问津。"

"要是真如您所说，不如请鹤女士用您的魔法，将它做成别的什么物品？"

"我拒绝。这种暗沉沉的东西，谁乐意碰呀。我心爱的剪刀会被它弄脏的。"

"话怎么能这么说呢？能够帮我的，唯有鹤女士您……算了，十年后再来考虑如何处理它吧。"

说完，十年屋便带上肥皂泡，返回自己的店铺去了。

"整个故事便是如此。看来鹤女士的预言应验了啊。那名女子果然不愿前来取回它。"

十年屋开心地笑了。

听完整个故事，卡拉西却板起了面孔。

"也就是说，这个讨厌的玩意儿，从今往后将正式归主人您所有了……您打算怎么办？"

"暂且将它搁在店里吧。或许终有一天，会有客人愿意买下它。"

"卡拉西认为，绝对不会有客人前来带走它。"

"抱着如此消极的想法，可不大好呀。"

"是主人您过于乐观了。怎么办！要是处理不好，它就会永远留在店里！"

"没这回事。总有一天，我们可以卖掉它的。不用担心哦。"

与卡拉西你一言我一语地说着，十年屋嘴角浮起一抹浅浅的笑意。

眼下，这个肥皂泡会留在店铺里，证明女子与婴儿一块儿过得很不错。不，那已不再是个婴儿。他一定长成了乖巧的小孩，而女子也蜕变为一位坚强的母亲，日日辛勤地劳动，用满腔爱意抚养自己的孩子。

　　希望母子二人能够幸福，能够面带微笑地生活。

　　魔法使这种存在，并不会与特定的某人产生牵绊，相反，他们会尽量避免干涉普通人的人生。

　　然而，即便是普通人的普通幸福，他们也愿意为之真心祈祷。

6
缤纷的魔法使

丁零丁零。

空气中响起一串清脆的铃音，是挂在店门上的铃铛发出的声响。

看来又有客人造访。

坐在店铺深处的十年屋与执事猫卡拉西迅速起身，将方才正在玩的国际象棋收起来，又将没喝几口的柠檬果汁放到客人不易察觉的地方。

十年屋顺便对着身旁那面巨大的穿衣镜照了照，飞快检查了一遍今日的装束。

没问题。衬衫衣襟与袖口都很整洁，背心与长裤一尘不染。嗯，只要再将脖子上的茜色领巾理一理，看起来便完美无缺了。

就这样，十年屋与卡拉西挺直了腰板，静候客人光临。

店里堆满杂物，进入店铺后，客人根本无法笔直地抵达柜台，何况各类书本堆积如山，遮挡了视线，坐在柜台前的十年屋也看不见店铺入口的情形。

然而，他能够听见脚步声。此刻，一阵犹疑不定的轻微足音，正一点点靠近柜台。

不一会儿，一抹小小的人影穿过物品与物品之间的空隙，出现在他面前。

这是一名打扮得与众不同的小孩。八岁左右的年纪，看起来应该是名男孩。今日明明没有下雨，他却披着一件宽大的水蓝色雨衣，头上罩着不大不小的雨衣帽，脚上的雨靴也是水蓝色的。

无论是从罩得严严实实的雨衣帽，还是从他垂着头的模样都可以判断，这是一名内向且容易害羞的小孩。

然而，最让十年屋吃惊的，是他从这名小孩身上感受到的魔法之力。

"您是……魔法使吗？"

小孩点了点头，之后便一动不动地站在原地，什么话也不说。

为了缓和尴尬的气氛，卡拉西机灵地道："要不要来一杯柠檬果汁？"

话音刚落，似有什么小东西飞快地蹿上小孩的肩膀。

原来是一只通体翡翠绿的变色龙，身体不大，刚好可以坐在人的掌心上。

它滴溜溜地转着眼珠，兀自滔滔不绝地道："抱歉，这家伙实在太沉默寡言了。作为他的经纪人，我来代替他说明情况吧。这小鬼名叫坦恩，刚成为调色魔法使没多久，能力是操控色彩。而我是他的使魔，变色龙帕雷特。请多多指教。"

尽管被忽然登场的变色龙以及它的介绍吓了一跳，十年屋仍旧笑眯眯地点点头。

"原来如此。我是操控十年魔法的魔法使，大家都叫我'十年屋'。这位是执事猫，名叫卡拉西。也请你们多多指教。"

"请多多指教。"卡拉西礼貌地道。

"我说，别看坦恩面无表情，一言不发，其实能够认识你们，他也很高兴。毕竟，你们是这条巷子里尽人皆知的老前辈。说起来，以后大家便在同一条巷子里生活了，希望相处愉快呀。"

"同一条巷子？"

闻言，十年屋与卡拉西面面相觑。

这条小巷名为"黄昏二号巷"，从很早以前起，便有不少魔法使选择在此开设店铺。可十年屋从未听闻调色魔法使的名号。

也就是说……

"那么，坦恩是刚搬来这边的吗？"

"没错。坦恩也打算在这里开店。别看他年纪小，却是一名不折不扣的魔法使，拥有独属于自己的魔法。您看，放任这样的小鬼成天无所事事，总归是不好的，对吧？"

"确实如此。"

"再说，这条小巷的某处拐角不是有片空地吗？我们打算将店铺开在那里，也征得了那群老爷子的同意，于是，今天便到贵店购买一些必需品。老爷子们异口同声地说，倘若想收集材料，来这里是最佳选择。"

听完帕雷特的解释，十年屋总算搞清了他们的来意。

"若是为了这个，请在店内随意逛逛，慢慢挑选。"

"多谢。好了，坦恩，赶紧对人家道谢啊。"

"谢……谢谢你……"

这是十年屋第一次听见调色魔法使开口讲话。声音细若蚊蝇，仿佛散入空气便消失不见。然而，他的声线清澈又悦耳，令人不由自主地联想起银质的铃兰花。

"那么，我和卡拉西便去店铺里间了。一旦发现感兴趣的物品，可以随时叫我们。"

担心坦恩与帕雷特感到不自在，十年屋与卡拉西决定暂时待在店铺里间。

就这样，两位小小的客人饶有兴味地在店内逛着，等帕雷特再次扬声高喊"喂，请过来一下"，已经过去整整两个小时。

十年屋与卡拉西立刻赶过去，只见帕雷特正坐在坦恩的肩头，兴致勃勃地指着摆放在角落里的某件物品。

"我们看中了这个。"

"这只木桶吗？"

那是一只与坦恩差不多高的大木桶，原本是酒窖里用来酿造苹果酒的，由于年代久远，桶身已经遍布伤痕，损毁得厉害。然而，坦恩似乎十分中意它，透过雨衣帽的边缘，十年屋仿佛看到坦恩嘴角浮现的微笑。

"另外，我们还想要这边的渔网和金鱼缸。"

"这渔网也要吗？"

十年屋纳闷极了。金鱼缸他倒是可以理解，说起那渔网，因为使用了很长时间，所以沾满海潮味与鱼腥味。没想到坦恩竟然看上了它，真是令人捉摸不透的小客人。

不过，对于客人看中的物品，十年屋绝不会多管闲事地指手画脚。

他点了点头，道："没问题。"

"太好了。那么，一共多少钱？说实话，我们初来乍到，手头并不宽裕。如果可能，请稍微便宜点卖给我们，感激不尽。"

帕雷特担忧地道。或许是有些惭愧，它的体色从鲜艳的翠绿变作淡淡的白茶色。

十年屋摇了摇头："魔法使之间的交易，是以操控自身的魔法为代价来支付酬劳的，也就是物物交换。因此，坦恩，请你凭借自己的魔法，送我一件礼物。能够办到吗？"

"我能……"

出人意料的是，这一回，坦恩迅速地开口答道。声音依旧细微，却带着坚定的意志。

此时，帕雷特再度滔滔不绝地道："那么，可以让他从这里的物品中挑选一件作为素材吗？之前我也多次提及，坦恩是一名调色魔法使，他的能力是借助某人或某物创造崭新的色彩。假如手头什么素材都没有，他是无法做到这一点的。”

“好的，完全没问题。”

“多谢。听见没有，坦恩，店主已经允许了，你快决定要用哪件物品创造色彩吧，务必要与店主十分相称哦。”

“嗯……”

在十年屋与卡拉西的注视下，坦恩与帕雷特再次在店内四处打量。

忽然，坦恩停下了脚步。

“这个，很好……”

说着，他指了指看中的物品。

那是一个大大的肥皂泡，表面完好无损，气球一样飘浮在半空。肥皂泡里涌动着一团黑黢黢的黏稠物质，仿佛泥土，又像烟雾。倘若长久凝视，甚至能够令人心生沮丧。

帕雷特倏然变了体色。这次是戒备十足的柠檬色。

“你还真是会挑呢，坦恩。这玩意儿究竟是啥？只看一眼，我就浑身不舒服。"

"可是……这个，我觉得，能够让它变成很漂亮的颜色。"

"……既然你都这么说，好吧，我相信你。"帕雷特叹了口气，转头对十年屋道，"就是这样，他看中了这件物品。能让我们用它创造出新的颜色吗？"

十年屋还没来得及回答，身后的卡拉西便热心地插嘴道："请务必同意他们这么做，主人。此刻正是摆脱那麻烦玩意儿的最好时机。"

"话不要说得这么露骨嘛，卡拉西。"

"现在可不是装模作样的时候。卡拉西一点也不想让它留在店里。每次从它面前路过，卡拉西都没精打采的，连尾巴和胡须都竖不起来。求求您了，主人。"

在卡拉西的软磨硬泡之下，十年屋只好苦笑着点点头。

"明白了，明白了。嗯哼，坦恩、帕雷特，那原本便是一件棘手的商品。倘若你们能够为它带来某些变化，请务必试试看。"

"我们也正有此意。好了，坦恩，这便开始吧。"

"嗯……"

坦恩点点头，摘下雨衣帽。

看见坦恩的脸的瞬间，十年屋与卡拉西禁不住暗暗倒抽一口气。

出现在雨衣帽下的，是男孩宛若天使的可爱面庞，而他的头发，竟闪烁着七种缤纷的光辉。

金色、橙色、红色、翠色、水蓝色、浅紫色，以及银白色。

男孩的头发稍微有些长，店内明明没有风，发丝却轻轻飘动，七种色彩随之融合，继而生出崭新的色彩。这头彩虹色的发丝美好得难以言喻，一时间，便是十年屋也找不到词语形容。

卡拉西更是吃惊地瞪圆了眼睛。

当着十年屋与卡拉西的面，坦恩自信满满地唱起歌谣，与方才的他判若两人。

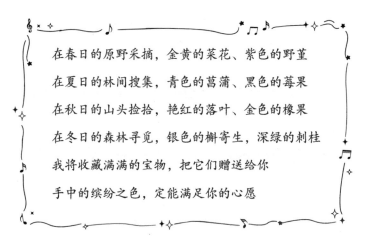

在春日的原野采摘，金黄的菜花、紫色的野堇

在夏日的林间搜集，青色的菖蒲、黑色的莓果

在秋日的山头捡拾，艳红的落叶、金色的橡果

在冬日的森林寻觅，银色的槲寄生，深绿的刺桂

我将收藏满满的宝物，把它们赠送给你

手中的缤纷之色，定能满足你的心愿

　　小小的魔法使一边唱诵魔法之歌，一边伸出双手，轻轻触碰浮在面前的肥皂泡。

　　啪的一声。

　　肥皂泡破裂开来，眼看里面的东西就要溢出。

　　然而，事实并非如此。

　　那些原本封存在肥皂泡中的黑黢黢的东西，一点点被吸入坦恩的双手，越变越小。

　　之后……

　　待歌声终了，坦恩的手中出现一只小小的瓶子。

　　瓶中的墨水拥有奇妙的色彩，看起来是黑色，实则含着无数闪闪发光的银色颗粒，安定而温润，犹如黑艳艳的珍珠。

总之，这是一种古朴高雅的色调，很难用三言两语加以形容。

尽管整体呈现黑色，却绝对不会污染心灵。

将全新调色的小瓶展示给十年屋，坦恩小心翼翼地开口问道："成品就是这样……您觉得如何？"

十年屋轻轻呼出一口气，微笑着道："非常漂亮的颜色，我很喜欢。"

"太好了……"

闻言，坦恩第一次露出腼腆的微笑。这抹笑容令他的脸蛋看上去越发可爱。

可惜，下一秒，坦恩已经迅速罩上雨衣帽，掩住唇角的笑意。

变色龙帕雷特语气歉然地道："请别放在心上，这小鬼实在太容易害羞了。"

"没关系。我一点都不介意，只是觉得有些可惜，明明笑起来会更加可爱。"

"我也时常这么说，可他完全听不进去。啊，言归正传，那瓶墨水可以用在任何地方。比如在衣服或别的什么玩意儿上滴那么一滴，立刻就能将其全部染成那种颜色。"

"原来它这么神奇。说起来……我还缺少一条黑色的领巾，这便试着染一染。"

"嗯，你就试试吧……对了，木桶和渔网，我们可以带走吗？"

"当然可以。酬劳我已收到。渔网要放在桶里吗？这只金鱼缸就装进袋子里吧。"

"不，也不必如此麻烦。我们随身带着帆布包，可以把金鱼缸装在里面。"

坦恩的大雨衣下，是他背着的那只帆布背包。

十年屋把金鱼缸放进背包里，又为他俩将装有渔网的木桶搬到玄关处。

没想到木桶异常沉重，十年屋禁不住道："这木桶

又大又沉，要不我为你们搬过去？"

"没关系，我俩滚着它一路往前走就行了。对吧，坦恩？"

闻言，坦恩飞快地点了点头。

这时，卡拉西走上前去，递给他俩一只薰衣草色的纸包。

"请收下，这是赠予二位的果汁软糖。"

"咦，送给我们的？"

"是的。今日太过仓促，没来得及招待客人用茶，希望二位至少能够带些小小的纪念品回去。"

"嘿嘿，真开心。快，坦恩，快向人家致谢。"

"谢谢……"

"哪里，该说谢谢的是我们才对。欢迎下次光临。"

恶心的肥皂泡被顺利解决，卡拉西心中想必十分舒坦，连胡须都一翘一翘的。

就这样，娇小的魔法使滚着那只大大的木桶，离开了十年屋。

150

目送他们的背影渐渐远去，十年屋与卡拉西回到店里。十年屋轻轻摇晃着手中的小瓶，神情十分期待。

"接下来，咱们立刻用它染色试试吧。我先去找领巾。另外，这颜色用来染皮鞋也很好看。卡拉西，你有什么东西想要染色吗？"

"嗯，有的。"

嘿嘿嘿，卡拉西恶作剧般笑了起来。

一周的时间转瞬即逝，某日午后，十年屋与执事猫卡拉西决定锁上店门，外出一趟。

今天，十年屋的打扮与往常无异，脖子上系着一条富有秋日气息的枯叶色领巾。

卡拉西仍旧身着平日里的黑色背心，脖子上的蝴蝶结则是美丽的茜色。

一人一猫披着相同款式的外出专用斗篷。斗篷长长的，剪裁优雅，襟口一丝不苟地立着，上面缀着一颗金色纽扣。然而，最引人注目的，还是它的颜色。

那是一种世所罕见的黑艳艳的色彩，略显深邃，却无一丝暗沉之感，华丽得如同繁星闪烁的夜空。

"这颜色非常适合你，卡拉西。"

"主人也是。"

互相赞美一番后，十年屋便拎着沉甸甸的篮子，走出店铺。卡拉西旋即锁上店门。

主仆俩言笑晏晏地并肩走着，目的地是位于黄昏二号巷最深处的一间店铺。最近，有新的魔法使搬来这条小巷，成为他们的邻居，为此，十年屋与卡拉西专程登门拜访。

石板路上回荡着清脆的足音，一人一猫穿行在轻盈的雾霭中，大约五分钟后，来到小巷的尽头。

这里原本只是一片异常狭窄的空地，如今却矗立着一栋房子。

"哎，这可真是令人惊喜。"

十年屋展颜一笑。

眼前是一栋用巨大木桶建造的房屋。横放在地的木桶上镶嵌着门与圆窗，顶部配有烟囱。整只木桶以白色打底，其上如鳞片一般密集地覆盖着缤纷的颜色。

"这简直就像一尾鱼！一尾彩虹色的鱼！"

卡拉西佩服不已，忍不住连声赞叹。恰在此时，店门开了，披着雨衣的男孩从店内走出，手中拿着大大的告示牌，肩上蹲着一只小巧的变色龙。

"咦？"变色龙帕雷特立刻扬声喊道，"这不是十年屋先生与他的执事猫咪吗？怎么啦，怎么站在这里？"

"今日，我们是专程前来拜访二位的，欢迎二位入住这条小巷，成为黄昏二号巷的一员。容我正式介绍一下，我是十年屋，今后请多多指教。"

"您太客气了。这话该由我们来说才是，今后请多多照拂。快，坦恩，你也说几句吧。"

闻言，调色魔法使坦恩依然沉默不语，直直地凝视着十年屋与卡拉西披着的斗篷。察觉到他的视线，十年屋若无其事地牵起斗篷一角，对坦恩道："怎么样？很适合吧？"

"你使用了那瓶墨水啊……"

"当然。最近一周，每逢外出我都披着它。大家对它赞不绝口，纷纷问我是在哪里订制的。"

"卡拉西也非常满意，格外喜欢它。"

"谢谢……"

坦恩小声道，难以掩饰嘴角绽放的喜悦。

十年屋微微一笑，抬起头打量着眼前的木桶之家。

"看来您也充分运用了从我家购入的物品。真没想到，你们会用木桶造出一栋房子……莫非，是拜托鹤女士所造？"

"没错。"帕雷特心直口快地答道，"你还真了解她。"

"若想让物品焕然一新，无人能与鹤女士比肩。既是如此，我对屋内也有些好奇了，可以进去参观吗？"

"啊，当然可以。我们正打算在门口立一块告示牌，希望大家随意进来参观。对吧，坦恩？"

"嗯……请进……"

"如此，便多有打扰了。"

坦恩与帕雷特在屋外忙着，十年屋与卡拉西则径直穿门而入，走进木桶打造的房子。

这里已经变作一间舒适的小屋，巧的是，面积与十年屋的会客室差不多大。脚下铺了地板，平整而光洁。

屋里摆放着一个精巧的小铁炉，既可取暖，又能用来烹饪食物。再往旁侧看去，是一排小小的餐具架、一张小圆桌，以及两把椅子。

屋子深处设有吊床，那只大大的金鱼缸就悬挂在天花板下。金鱼缸里浮荡着一粒粒五彩缤纷的光球，热带鱼一般游来游去，折射出柔和的光泽。

墙壁上挂有一排又一排木架，上面并排陈列着色彩各异的小瓶，瓶口皆封得严严实实，每一只都有着宝石般动人心魄的魅力。眼下瓶子的数量并不算多，相信在不久的将来，这些木架一定可以被填得满满当当的。

十年屋赞叹不已，轻声道："不愧是鹤女士，工作完成得如此出色。这屋子简直太适合调色魔法使了。你认为呢，卡拉西？"

"是的，主人。卡拉西也希望拥有这样一个家。"

"喂喂，你不是早就有了自己的房间吗？大小同这里差不多，并且之前我也答应你了，改天便会为你买一张新床，不是吗？"

"这个和那个是两回事。"

"唉，我家执事真是个贪心鬼。"

闲聊间，十年屋与卡拉西再次来到屋外。坦恩正将告示牌插进家门口的地面，底部牢牢钉入泥土之中。

十年屋朝告示牌看去，只见牌子上写着这样一行字——"为您赋予绚烂的色彩。缤纷之家"。奇妙的是，每一个字皆拥有独特的颜色。连告示牌也与调色魔法使的形象无比契合，十年屋微笑着想。

"您的家布置得非常漂亮。这块告示牌也做得很棒。"

"谢……谢谢……"说完，坦恩不假思索地再次开口，"那……那个……要不要进去喝杯茶？"

"乐意之至。你呢，卡拉西？"

157

"遵命。对了，主人，您将篮子交给二位了吗？"

"对啊，我怎么把它给忘了！"

十年屋将手中的篮子递给坦恩。

"一点薄礼，不成敬意。里面有苹果派，几瓶用各种蔬菜腌渍而成的什锦泡菜，还有其他一些小玩意儿。方便的话，还请笑纳。"

接过沉甸甸的篮子，坦恩冷不防一个趔趄，差点摔倒。

实在没想到，十年屋会送给自己这样一份厚礼。他惊讶地张着嘴，说不出一个字。

这时，帕雷特替他开了口，一本正经地说道："真是感激不尽。坦恩最爱吃苹果派了，我呢，相当喜欢什锦泡菜。谢谢你们。"

"不用客气。大家都是邻居，本应彼此照拂，今后也让我们和睦相处吧。"

"这话实在让人信心大增。好了，坦恩，快进屋为客人泡茶吧。"

"嗯，好的……"

屋子里，坦恩泡茶的动作稍显慌乱，却又那般愉悦。

十年屋与卡拉西坐在一旁，温柔凝视着那道小小的身影。

尾声

某天，镇上的报纸刊载了一期特辑专题。

小 镇 新 闻

　　如今，要说我们城镇的话题人物，当数蛋糕师雪拉·亨特娜小姐。据说今年三月，她受邀参加皇太子殿下的婚礼，以其卓绝的技艺负责为来宾制作甜点。

　　亨特娜小姐制作的蛋糕，每一件都堪称艺术品。其中，最精美的要数她于去年的裱花蛋糕大赛上做出的裱花蛋糕。时至今日，那个蛋糕依旧为人津津乐道。

　　蛋糕共有三层，表面覆有青色波纹般的生奶油，嵌着贝壳形状的砂糖点心。蛋糕顶层漂浮着一艘杏仁蛋白软糖做成的月牙状小船，船里坐着可爱的猫咪与人鱼，这两件是用红糖浇成的糖饼。

　　蛋糕被命名为"泛舟的猫咪与人鱼"，不仅夺得开赛以来的最高分，而且令亨特娜小姐声名远播，迅速在业界崛起。

　　然而，最值得大家敬佩的是，亨特娜小姐不骄不躁，始终在蛋糕师之路上勤奋钻研。

　　"制作蛋糕永不会抵达终点。"亨特娜小姐说过这样一句话，"就像爬楼梯一样，做好这个后，便会期待着做另一个。我的梦想？我想想，希望终有一天，自己能够做出一款最最美味的蛋糕款待我的朋友。为了这一目标，我必须继续努力。"

　　大家曾问那位朋友究竟是谁，亨特娜小姐却笑了笑，只说"它格外适合佩戴蝴蝶结"。

　　我们都对这位神秘人物充满好奇，想必今后，亨特娜小姐仍会做出许许多多令人惊叹不已的蛋糕。让我们拭目以待吧。

哪怕不是职业演奏家，

也能像公园里的乐队成员一样，

享受愉快的表演，脸上带着闪闪发光的笑容，

打心底真诚地享受音乐。

图书在版编目（CIP）数据

十年屋：全三册 / (日) 广岛玲子著；(日) 佐竹
美保绘；廖雯雯译 .-- 海口：三环出版社（海南）有
限公司，2023.7（2023.11 重印）
　　ISBN 978-7-80773-052-1

　　Ⅰ.①十… Ⅱ.①广… ②佐… ③廖… Ⅲ.①儿童故
事 - 作品集 - 日本 - 现代 Ⅳ.① I313.85

中国国家版本馆 CIP 数据核字 (2023) 第 055045 号

版权合同登记号：30-2023-052

十年屋2 あなたに時をあげましょう
Text copyright © Reiko Hiroshima 2019
Illustrations copyright © Miho Satake 2019
First published in Japan in 2019 by Say-zan-sha Publications, Ltd.,
The simplified Chinese translation is published by arrangement with Say-zan-sha Publications, Ltd.
through Rightol Media in Chengdu.
本书中文简体版权经由锐拓传媒取得 (copyright@rightol.com)。

十年屋2

SHINIAN WU 2

著　　者	广岛玲子		**译　　者**	廖雯雯
插图绘制	佐竹美保			
策划编辑	朱碧倩 梁洁 黄香春		**责任编辑**	劳如兰
美术编辑	陈秋含 周勤		**特约编辑**	吴馨 张华华 朱静楠
出版发行	三环出版社（海口市金盘开发区建设三横路 2 号）			
	邮编　570216		**邮　箱**	sanhuanbook@163.com
社　　长	王景霞		**总 编 辑**	张秋林
印刷装订	北京盛通印刷股份有限公司			
书　　号	ISBN 978-7-80773-052-1			
印　　张	5.25			
字　　数	72 千字			
版　　次	2023 年 7 月第 1 版			
印　　次	2023 年 11 月第 2 次印刷			
开　　本	880 mm × 1230 mm　1/32			
定　　价	98.00 元（3 册）			